沢里裕二

処女刑事

琉球リベンジャー

実業之日本社

実業之日本社文庫

目次

第一章　スタンド・バイ・アス

1

亜熱帯地方特有のうだるような夜だった。

真木洋子《まきひろこ》は、国際通りの裏手にある古びたビルの地下室にいた。紛《まが》うことなき闇カジノだ。

カジノ内にはハービー・マンの『カミン・ホーム・ベイビー』が流れていた。

乾いたフルートの音が、打ちっぱなしのコンクリートに反響し、より鋭角的になって耳に跳ね返ってくる。

外は熱帯夜であることを忘れさせてくれるドライな響きだ。

――禿頭《とくとう》の爺《じい》さん、やるじゃん。

ＪＢＬのスピーカーの上に掲げてあるＬＰジャケットに向かってそう呟《つぶや》いた。

洋子の腰も、おのずとスイングする。

しばらくこのままヒップを揺すり、最近、味がわかりかけたばかりのバーボンロックに浸っていたいけれども、そろそろ大博打《おおばくち》を打つタイミングが近づいてきていた。この任務の最初の山場だ。

チップを全部賭けるわけではない。

ぶち壊すのだ。

洋子はいったん天井を見上げた。真上で小粒なレンズが光っていた。

正直、勇気がいる。

キャリアは基本、企画・演出が担当で舞台の上にはあがらないことになっている。

それを部下のベテラン刑事が『たまにはキャストも経験したほうがいいっすよ』と唆《そそのか》してきたので、ついつい大立ち回りの主役を買って出てしまったのだ。

潜入捜査とは、大芝居である。

そのクライマックスが近づいていた。

呼吸を整え、サイドテーブルに置いてあったフォアローゼズのボトルネックを摑《つか》む。

百回ほど練習をした、セリフを吐く。

「ふざけないでよ。なによあのレンズ！」

同時にボトルを天井に向かって放り投げた。

さぞかし下手なセリフ回しだったのではないだろうかと、不安になったが、天井で派手な破裂音が鳴り響き、割れたボトルの破片が、カードテーブルの上にバラバラと降ってくる。

とりあえず命中したようだった。

「わっ」

と右側に座っていたストローハットのおっさん。

「やだぁ」

と紺地にハイビスカスの花びらをいくつもあしらったサンドレスの女。

それぞれが飛び退《の》いた。

ふたりは店側の仕込みの客だ。ハメる客を挟んで、カードを引くかステイするかを調整する役目だ。そんなことは、当然読んでいる。こちらはそれを承知で、さらに裏の裏を掻《か》いている。

店の中央のルーレットテーブルもざわついた。

ここには外国人客がいた。中国人客だが、驚いた様子でもなく呆《あき》れたような顔で、洋子に視線を向けていた。いずれ堅気《かたぎ》の客ではない。

「ふざけているのはお客さんのほうでしょうよ。ここをどこのシマだと思っているんですか」

ブラックジャックのディーラーが、静かに黒革のジャケットのボタンを開け、ベルトに差していたジャックナイフを取り出した。実にわかりやすい動きだ。

そこに天井から一個のレンズが降ってきた。

割れたボトルの破片の上で跳ね返る。

カシャーン。

『間抜け』と言っているようだ。

洋子は、そのレンズを摘《つ》まみ上げた。

「あのね。いまどきこんなあからさまに透視なんて、誰でも見破るって。やるなら、もっとマシな方法にしてよ」

透視ほど古典的なイカサマはない。

古くは見通せる位置に胴元側の者を立たせ、客の手の内を探るというやり方だ。

およそ賭博場というものがこの世に出現すると同時に始まったイカサマである。

とはいえ今回に限っては、難癖が付けやすい手法でありがたかった。

「いやいや、これは単なる防犯カメラだ。あんたの手の内なんか見ていない。それよりこの始末、どうつけてくれるんだよ。ちょっと高くつくよ」

ディーラーが、ジャックナイフを構えたまま顎をしゃくった。壁際でたむろしていた黒服が三人、すっ飛んでくる。全員、ナイフを構えていた。刃渡り十五センチ。それぞれの刃先がライトの光を受けて揺曳《ようえい》して見えた。

「なに言ってんのよ。その酒棚の後ろに、立派なモニタールームがあるんじゃないの？」

洋子は、ローファーの爪先でカードテーブルの脚を蹴り上げた。ハービー・マンのフルートに合わせてカードが舞い上がり、楕円形《だえんけい》のテーブルはディーラー側にひっくり返った。

後退したディーラーの背中が酒棚を直撃した。

これでガラリと酒棚が回転して、ボルサリーノを被《かぶ》ったハンフリー・ボガートでも出てきたら、まさしく五〇年代のハリウッド映画なのだが、残念ながらそこまで劇的ではなかった。

ただひたすらガラガラといくつものボトルが落ちてきた。

割れる音がジャズのリズムに重なる。

高価そうな酒がコンクリートの床に染みていくのを見るのも快感だった。

「やべえ」

黒服のひとりが叫んだ。蒼《あお》ざめている。

「ボトルに入っているのはアルコールだけではないようね。ＭＤＭＡ《タマ》や睡眠導入剤をたっぷり混入させちゃっているんでしょ」

洋子は、笑顔を向けた。証拠ゼロのハッタリだった。

「おまえ、何者なんだ！　外資系投資会社のコンサルタントだなんて言いやがって、刑事《デカ》か国税《マルサ》かよ」

いきなり酒棚のひとつが回転した。

現れたのはボルサリーノを被ったハンフリー・ボガートではなく、スキンヘッドに正円形のサングラスをかけた男だ。アフリカ系のＤＪのようなゴールドのネックレスを首に何本もぶら提げている。

『ムーン・ロケーション』の社長、比嘉寿人《ひがひさと》その人だ。

この会社は主に撮影機材とスタッフのセッティングや撮影許可取得の代行などを行っている。

特に撮影許可が取得しにくい公共施設や、暴力団の縄張りである歓楽街で、『ムーン・ロケーション』は、力を発揮しているのだ。

その特別なコネクションに期待する、東京の制作会社や広告代理店などからの依頼も多いらしい。

早い話が、アンダーグラウンドで話をつけるのが得意な会社だ。

「あら、私は本当に投資コンサルタントよ。コンサルティングの一環として、不法占拠の排除も担《にな》っているだけよ」

洋子は両手を腰骨のあたりに当て、不敵に笑って見せた。本音はちょっと怖い。部下たちに煽《おだ》てられ、この役を受けたまでだ。本来なら上原《うえはら》亜矢《あや》の役どころだ。

「不法占拠の排除だと？」

比嘉の頰が引き攣《つ》った。

サングラスをしているので、眼の様子は窺《うかが》えないが、おそらく動揺の色を浮かべているはずだ。

理由は簡単で、比嘉も洋子が堅気ではないと疑い始めたからだ。

不法占拠は民事で、警察も容易に立ち退きさせることは出来ない。こうした場合、出張《でば》ってくるのはたいがい裏稼業の連中だ。つまりは、比嘉の同業者ということになる。

「このビル、うちらの手で転売が決まったので、あんたらは、とっと出て行って」

高飛車に出てやる。

部下でありマルボウの大先輩である松重《まつしげ》から教わったセリフだ。本当にこのセリフでいいのか？

「ふざけんな。居住権つうもんがあんだろう」

比嘉が唇を捲《めく》って、正論をぶった。

言いながら、手に持つ鉄パイプの尖端《せんたん》で床を三度叩《たた》く。威嚇のつもりらしい。

「現在の所有者は、地下室は倉庫としてのみ賃貸しているはずだわ」

洋子は、ホワイトジーンズの尻ポケットから契約書を取り出し、ひらひらと振ってみせた。もちろん、ダミーだ。

「だからここは『ソーコ22』となっているじゃねぇか。撮影機材用の倉庫だが、ロケに使う小道具、大道具も置いてある。そのカードテーブルもルーレットテーブルもすべて撮影道具だ。もちろん俺の後ろにある酒棚も、バーのシーンを撮るためのセットよ。ここで遊んでもらっているのは、あくまでもカジノの雰囲気を楽しんでいただくためだけだ」

比嘉の言い訳は、よく練られた答弁だ。

そして映像制作とは、さまざまな偽装に役立つ職種なのだ。偽装パトカーまで調達できる。だから、洋子としてもこの機能が欲しい。

「よくいうわよ。小道具で遊んでもらうのに、なんでわざわざ『ムーン・ロケーション』の特別会員にならないといけないのかしら」

洋子は、首からぶら下げている写真付きの会員証を指さした。

「貴重な機材の置き場所に案内するんだから、身元のしっかりしたお客様じゃないと困るだろう。カメラやライトは高額商品ばかりなんだ。それに、お姉さんさ。イカサマ、イカサマっていうけど、あんたこれまで二度とも、負けてないだろうが。先週も、先々週も景品の文庫本二冊、渡しただろう」

確かに、過去二回、ルーレットでもブラックジャックでも勝たせてもらった。そして、文庫本も貰《もら》っている。

先々週が『文豪エロティカル』で先週が『極道刑事《クロデカ》』という文庫だ。

この文庫がどういう意味かは知っている。あえて交換するための連絡はしなかったまでだ。

「二冊とも、とても面白く読ませてもらったわ。特に『極道刑事』。極道になりすました刑事って素敵ね」

ちょっと予定外のアドリブを入れた。

チラリとサクラの客であるストローハットのおっさんが、こちらに鋭い視線を浴びせてきた。

アドリブの利かせすぎかもしれない。

「だったらよかったじゃねぇか。今日はチップは足りていないが、あと五冊ぐらいやるよ。それで話まとめようや。明日、こっちからきちんと出向くからよ」

文庫本一冊分の厚みの札束と交換ということだ。

「はした金で、まとめるつもりはないけど」

洋子はせせら笑った。

比嘉がすっと鉄パイプの尖端を上げた。

同時に背後から、黒服のひとりが飛び掛かってきた。

「うるせぇんだよ。しのごの言ってんじゃねぇよ」

刈り上げツーブロック頭のひとりが、両手でバストを鷲摑《わしづか》みにしてきた。

「いやっ。どこ触っているのよ」

捕まえ方にも程度がある。いきなりおっぱいはあるまい。洋子は身体《からだ》を捻《ひね》った。

「てめぇ調教してやるよ」

別な黒服が思い切りヒップに蹴りを入れてきた。レタスのようなふわっとした髪型の優男だったので油断していた。

「うわっ、痛い」

さすがに身体が泳いだ。

尻山が左右に分かれ、股間にドスンとレタス頭の男の膝が入ってくる。もともと平らな狭間《はざま》だが、内側にめり込まされそうなほどの勢いで蹴られた。

さらに比嘉が鉄パイプを洋子の手首に打ち込んできた。痺《しび》れる痛みだ。契約書がひらひらと空間を舞う。

「こいつはもらっておくぜ」

比嘉に契約書をひったくられた。びりびりと破いている。

次の瞬間、ストローハットのおっさんが、いつの間に手にしたのかラム酒のボトルを思い切り放り投げてきた。

「わっ」

顔面で受けたのは比嘉だった。

続いて、サンドレスの女が美脚をすっと上げた。蹴ったのではない。黄色のサマーサンダルを飛ばしたのだ。飛んだのは左足のほうだ。

「痛《い》てぇ」

洋子の股間に膝蹴りを見舞った男の後頭部を直撃していた。

鉛入りのサンダルだ。レタスのような髪の毛が逆立ち、男は、がっくりと床に膝を突いた。

洋子は振り返り、股間の激痛に耐えながらも、バストを摑んだ刈り上げツーブロック頭の男の股間にすっと手を伸ばした。

「悪玉潰し！」

黒服ズボンの上から睾丸《こうがん》を握り潰してやる。軟らかい感触が手のひらの中で、ぐっと縮まった。

「うぇぇぇぇぇ」

ツーブロック頭の男が口から泡を吹いた。

「てめぇら……カチコミなんてかけやがって。どこの者《もん》だか知らねぇが、ここから生きては出れねぇぞ」

鼻血を噴き上げた比嘉が、大声を張り上げ、鉄パイプの先で壁に取り付けてあった火災報知機を押した。

いきなりスプリンクラーからシャワーが降ってくる。

同時に地下室の扉が開き、人相の悪い男たちが十人ばかり飛び込んできた。いずれも金属バットや鉄パイプを手にしている。

2

「いよいよ正体を現したわね。『爆風連合』さん」

土砂降り状態の地下室で洋子は、濡《ぬ》れた髪の毛を掻き上げながら、一歩後退した。

ここからは、松重と亜矢に任せたい。

キャリアの洋子は、修羅場が苦手だ。

「比嘉、お前がこっちにいる間に、横浜じゃ若手が伸びている。とっとと東京に帰んねぇと、お前、沖縄支部長で終わるぜ」

松重がせせら笑いながら言っている。

『爆風連合』は本土系の準暴力団だ。本人たちの意識は半グレ集団だが、警視庁は三年ほど前から準暴力団として位置付けていた。

横浜を本拠地に、東海、関西まで手を伸ばし、ここ那覇にも橋頭堡《きょうとうほ》を築こうとしているのだ。比嘉は爆風連合の最高幹部のひとりだが那覇生まれである。

「ちっ。おっさん、白鷗会《はくおうかい》の手先だったってこったな。こいつは協定やぶりだぜ」

比嘉が床を蹴った。

跳躍した。

爆風連合の最高幹部だけあって、喧嘩《けんか》は強そうだ。

「全然、違う」

おっさんがストローハットを取った。この二年ですっかり白髪が増えた松重豊幸《とよゆき》が、にやりと笑った。

「すっとぼけてんじゃねぇよ。す巻きにして白鷗会の沖中《おきなか》の前に突き出してやるよ。よくも詐欺専門の役者だなんて騙《だま》してくれたもんだ」

そのままストローハットのおっさんに鉄パイプを振り下ろしてきた。

「だから俺は地元じゃないって。沖中栄勝《えいしょう》とも会ったことはない」

松重が、飛び掛かってくる比嘉に向けて、ストローハットを放った。フリスビーのような凄《すご》い回転力だ。

「あうっ」

比嘉の太腿《ふともも》をストローハットの縁が抉《えぐ》ったようだ。ハーフパンツの生地ごと斬られた皮膚から血が飛び散っている。

ストローハットの縁が鋭利な刃になっていた。

「そんな道具まで仕込みやがって、ぜってぇ、この地下から出さねぇぞ」

入り口からドヤドヤと入ってきた極道たちが、一斉に洋子、松重、それに上原亜矢をぐるりと取り囲んだ。

松重と亜矢は元警察庁総務部『性活安全課』のメンバー。三か月前に『真木機関』のスタッフとして再集合させている。

『真木機関』とは総理大臣直轄の特殊工作部門だ。中林美香《なかばやしみか》総理大臣による特命捜査チームで、警察庁の命令系統からも切り離されている。

それは裏を返すと警察機構を使うことは出来ないということだ。

男たちの囲いが徐々に狭まってきた。

――頼むわよ。

ふたりの最強の部下を信じるしかない。

「おい、女ふたりは生け捕れよ。治療に金がかかったんじゃたまんねぇ。おっさんの方は、腕を折れ。こんな刺客を寄越した白鷗会に突き出して、俺の脚の治療代に一億は取らねぇと、あわない」

比嘉が負傷した太腿を抑えながら、手下たちに命じていた。

やはりここでマトにかけられた女は高級娼婦《しょうふ》に仕立てられ、金や名誉のある男たちは資金源、人脈作りに利用するということだ。

実にわかりやすいことをやる連中だ。

囲いの輪が一気に狭まった。

「どこからでも、きやがれ」

松重がアロハシャツの背中を捲った。腰裏に特殊警棒を差していた。三十センチサイズだ。そいつを抜き出し、シュッとひと振りした。長さが一メートルに伸びる。

「おいっ、やっぱ刑事じゃねぇかよ」

松重の正面にいた男が、唇を歪《ゆが》めた。

「心配するな。逮捕なんてしねぇよ」

松重が、睨《にら》み返す。逮捕しないのではない。現在《いま》の松重には逮捕権がない。洋子も同じだ。『真木機関』に逮捕権はない。

「その代わり、潰しちゃうから」

今度は亜矢がサンドレスをいきなりたくし上げた。思い切りだ。美脚に続いて太腿、腰まで現れた。真っ赤なハイレグパンティだった。パンティのサイドストリングに絡めた吹き矢を取り出していた。

――ハイレグにする必要はあったのか？

洋子はそんなふうに思いながら、亜矢を見つめて、自分もホワイトジーンズの前ポケットから武器を取り出した。

ホイッスルだ。

咥《くわ》えたがすぐには吹かない。

松重と亜矢に準備完了のサインを送った。

「なんだチンドン屋かよ。どうみても警察《マッポ》じゃねぇ。いいから女ふたりは生け捕り、爺《じじい》はボコっちまえ」

比嘉が叫ぶ。

正面の男が金属バットを振り上げ、松重に挑みかかってきた。後方からは、洋子と亜矢を捉える手が伸びてきた。男たちの陣形が崩れた。

「ガキが大振りなんだよ」

松重が、タンと床を蹴ると、男のバットをかいくぐり、剣道の突きの要領で特殊警棒を突き出した。男の喉仏に突き刺さる。

「はふっ」

男は声にならない音を漏らした。一瞬にして息が詰まったようだ。金属バットを放り投げ、がっくりと床に両膝をついた。眼は見開いたままだ。

「女たちはどこに隠してんのよ！」

亜矢が右脚を持ち上げた。またまたハイレグパンティが丸見えになる。股布が割れ目にかなり食い込んでいた。微妙に女の大事な部分がはみ出ていた。

男たちの視線がすっとそこへ吸い寄せられる。亜矢は、右のサンダルを履いたまま、身体を一回転させた。

体操選手かフィギュアスケーターの演技のようだ。

洋子は、すっと屈《かが》みこんだ。頭上を亜矢の脚が水平に回っていく。

「うげっ」

「ぐわっ」

「痛てっ」

襲い掛かってきた男たちの顎を、鉛入りのサンダルの踵《かかと》が次々にヒットしていく。

三人の男たちが顎の骨を砕かれ、なぎ倒された。さらに亜矢は、背後の男に吹き矢を放った。

「んんっ」

矢を腕に受けた背の高い男が、一瞬にして床に頽《くずお》れた。十人が一気に五人に減った。

この間に松重も亜矢も耳栓を付けた。

崩れた陣形の隙間から洋子は飛び出した。酒棚の裏側の部屋を目指す。ＢＧＭがハービー・マンから、キャブ・キャロウェイの『ミニー・ザ・ムーチャ』に変わった。古い映画に出てくるハーレムの『コットンクラブ』のようなノリだ。

洋子はまた自然に腰が揺れてきた。凄く、いい感じだ。

「この女《アマ》。そっちには行かせねぇ」

太腿から血を流しながらも比嘉が飛び掛かってきた。洋子の腕を取ろうとする。その指先が肘まで伸びてきて、ヤバいと思った瞬間、亜矢が比嘉にタックルした。

「んんんっ」

撥《は》ね除《の》けようとした比嘉の唇に、亜矢が自分の唇を重ねている。呆気《あっけ》に取られた比嘉が眼を剝《む》いていたが、すぐにその眼を閉じた。

「上原、あんた何飲ませた？」

洋子は、さすがに訊《き》いた。

「強力な睡眠導入剤です」

「そういう飲ませ方もあるんだ」

「意表を突くということです」

このチームには、いろんなタイプの部下がいる。いずれも他の部門では、異端視されてきた連中ばかりだ。

残りの極道たちとは、松重が闘っていた。すぐに亜矢も加勢に回った。

フリーになった洋子は酒棚の裏の部屋に入った。

警備室のような造作で、いまは人の気配はなかった。比嘉がひとりでコントロールしていたのか、それともここにいた仲間は、どこかに姿を消したか、だ。

壁際に長机があり、その上に液晶モニターがいくつも並んでいた。洋子が叩き壊したレンズ以外にも、様々な箇所にレンズが仕込まれていたようで、店内各所の映像が送られてきている。

いまは、ブラックジャックテーブルの前で、松重と亜矢が大立ち回りをしている映像が三台のモニターに飛ばされていた。

映像の消えているモニターが一台あった。

客の手の内を読むというよりも、女の股間を狙っているとしか思えないポジションにも、レンズは設置されていた。

強請《ゆすり》の材料は、いくつあってもよいということだろう。

入場者を確認するためか、ビルの前の映像も流されていた。いまは誰もいない。通りはいたって平穏だ。

ノートパソコンも数台置かれていた。それぞれルーレットの盤面やスロットの数字が大写しになっている。

これはイカサマ用だ。

仕組みはわからないが、何らかの方法で、数字をコントロールしているはずだ。とはいえ洋子たちは、闇カジノの摘発に来たわけではない。イカサマだろうが何だろうが無視だ。

この連中に喧嘩を売ったのは、他の理由からだ。

――さてと。

洋子はおもむろに、消えているモニターのスイッチをオンにした。

「あら、いたわね」

そこには、色とりどりのスリップワンピを着せられた女が五人、ソファに座っていた。どの女たちの表情も気だるそうだ。五人とも雑誌や文庫本を眺めていた。

おそらくスマホはとりあげられているので、雑誌ぐらいしか暇つぶしが出来ないのであろう。

当然、騒ぎは聞こえているはずだが、彼女たちは依然として、ぼんやりとした昏《くら》い眸《め》をしたままだ。

カジノで起こる乱闘など、何度も経験しているのだろう。

そして、その真横のモニターには、暗闇の中から迫りくる新手の男たちの姿が見えた。爆風連合の援軍のようだ。しかも見るからに外国人が多い。

情報分析官、小栗順平《おぐりじゅんぺい》から上がってきた報告は、相変わらず正鵠《せいこく》を射ていたということだ。

洋子は、ここにはいない知性派の部下、小栗の端整な顔を思い浮かべながら、目の前の壁をじっと見た。

この扉、どこを押したら開く？

3

「この闇カジノをゲートウェイにして、売れる男女を集めている組織がありました」

情報分析官、小栗順平からの報告が上がってきたのは五月上旬のことだった。

「売れる男女って、男もなの？」

洋子は、首をかしげてみせた。

南青山にあるヴィンテージマンションの一室だ。

新たに発足した『真木機関』の隠れ処《が》で、表向きは投資コンサルタント会社『マッキーズ・ジャパン』のオフィスという体裁をとっている。

「はい、売春産業もボーダレスの時代です。我が国では男娼を取り締まる法律が存在していません。女性同士、男性同士もです。そもそも売防法は穴だらけですし」

小栗が、その理知的な双眸《そうぼう》を少し曇らせながら言う。

「というか、当事者同士を取り締まるなんて土台無理な話なのよ。性交した対価の授受なんて、合意していればどんな組み合わせでも被害者はいないわ」

二〇一五年以来五年間、警察庁総務部付の移動型捜査部門『性活安全課』を指揮してつくづく感じたことだ。

そもそも他人のセックスを取り締まるほど野暮でナンセンスなことはない。

「そうですね。しかし問題は、管理と搾取です。まぁこれもウリ側が、同意の上で管理と斡旋《あっせん》を委託していたのであれば、本来は被害者はいないんですが」

売春防止法の立法趣旨は、売春婦を管理し搾取するのを防止することにある。つまり、胴元責任だ。

恫喝《どうかつ》などして売春婦を集め、強制的に性行為を行わせた管理者、組織を検挙することを目的にしている。

客とか、娼婦などは処罰の対象にならないのだ。しかも『春』を売る肉体の部分とは『膣《ちつ》』と限定されている。

『口』や『尻』は『春』という場所ではない。

当然『鼻』とか『耳』とか『目』などに男根を挿入させても売春とはならない。法が『そこは春でしょ』と認定する場所は『膣』だけである。

尻派にとって差別のようだが、尻も取り締まれ、という声はいまだ上がってきていない。

「それはそうと、ここにある『ソーコ22』という闇カジノに小栗君が着眼した理由は？　総理からは、賭博摘発までやれとは命令されていないんだけど」

Ａ４サイズの報告書を捲り、二枚目の真ん中あたりを指さして聞いた。

「外国人観光客が餌食にあっているのと、財界、芸能界、スポーツ界の著名人がそのカジノに出入りしている点です」

小栗が清々《すがすが》しい目を向けてきた。

「まだ、私には飲み込めないんだけど。詳しく説明してくれない？」

SPとして担当していた中林美香総理から密命を受けたのは、今泉正和《いまいずみまさかず》前総理の死亡に関わる女の行方である。密命と言っても、前総理の死を不審に思った洋子が、隠密捜査を買って出たのだ。

結果として総理直轄の裏工作部門である『真木機関』の誕生となったのだ。

＊

事の起こりはこうだ。

二〇二二年二月十八日。

不人気だった奈良正道《ならまさみち》総理の後を継いで二か月しか経《た》っていない今泉正和が、官邸からほど近いCホテルで突然死した。

お忍びで休息をとっていた午後のことだった。

総理大臣の一日のスケジュールは公表されるのだが『官邸内にて執務』と表示される時間帯においては、その内容までは示されない。

この間に、お忍びで外出することが、たまにある。

総理とて、昼寝や息抜きを求めるものだ。憚《はばか》らずに言うならば、一発やりたくなるときもあるということだ。

そんなときは、首席秘書官が段取りをつける。執務室にいるふりをして、こっそり近くのホテルに抜け出すのだ。

官邸にはいくつもの隠し通路がある。

正面ロビーで張るマスコミに知れず、密《ひそ》かに出入りするための通路だ。一国の運命を握る総理大臣なのだから、当然そうした動きが必要になることもあろう。

特に外交や防衛においては、国民の知らぬ間に一歩先んじて手を打つことが肝要だ。

ただし、この日の今泉正和の目的は対北朝鮮対策でも、野党党首との談合でもなく、単純にセックスであった。

外交官出身で知性派として鳴らす今泉も、発情はするのである。

そして発情は、朝だろうが昼だろうが、夜だろうがやって来る。

今泉は、総理執務室の隠し扉から出て、こっそり地下に降り、そこから業者用のワゴンで走ったホテルで待っていたのは、馴染《なじ》みの銀座のホステスであった。

洋子がその情報を得ることが出来たのは、そのときの配属が警備部のSPだったからである。担当は、当時の副総理だった中林美香だ。

総理に随行したSPの情報は、副総理担当の洋子にも回ってきた。

たとえ目的が一発やるためであっても、SPは総理に随行していたのである。秘書官が遠慮しても、SPはその責務を果たすために、喘《あえ》ぎ声の聞こえる部屋の前に立つ。聞いて聞こえなかった振りもする。

今泉前総理死亡の第一発見者は、担当SPの森川信勝《もりかわのぶかつ》だった。三十代半ばの機動隊出身者だ。

そしてその部屋に今泉が馴染みだった銀座のクラブ『桜宵《さくらよい》』のホステス新川恵里《しんかわえり》菜《な》がいたという。

機転を利かせた森川は、ホステスを秘密裡《り》に別室に移したのちに、同僚の赤坂啓《あかさかけい》次郎《じろう》と共に官邸の首席秘書官に連絡したというのだ。

しかるべき手段で遺体は公邸へと戻され。二時間後に急性心不全で逝去《せいきょ》と発表された。

今泉夫人の希望もあり、内閣府並びに警察内部では、いまだに保秘されていることだ。

事情が事情だけに、公には出来ないだろう。

一国の総理が情死では、まず過ぎる。

今泉の死を受けて、党副総裁でもある中林美香が、民自党の新制度により繰り上がった。十二月の総裁選の際に、米国大統領選にならい、民自党は総裁、副総裁をセットで選出する制度に改めたのだ。

議席過半数を持つ与党民自党の総裁は、そのまま総理となる。今泉の逝去により、弱冠三十七歳の二回生議員、中林美香があれよあれよという間に、日本初の女性総理になってしまったのである。

人の運とは、まことにわからないものだ。平議員で総理になろうなどまったく思っていなかった、自称処女の女が、回り回って権謀術数《けんぼうじゅつすう》の世界で総理になってしまったわけだ。

天は望まぬ者にほど果報を与えるのかも知れない。我こそはと野望を秘めていた与野党のベテラン女性議員たちの忸怩《じくじ》たる想《おも》いはいかほどのものか。現在、永田町《ながたちょう》ではそんな女たちの嫉妬の炎が、議事堂を焼けつくしてしまうのではないかと言われているほどだ。

洋子は、中林美香の総理就任後は総理担当のＳＰとなった。

その際、現総理担当SPとして、前総理の真の死因と銀座ホステスの情報を取ろうとした。護衛するために、それは重要な意味を持つからだ。

ところが公安部の指示で『今泉正和総理の死亡に関する報告書』は十年間の封印となっていた。

これで死因に秘密があるということが明白になったわけだ。なんとしても探らねばならないと思った。

もしも暗殺などであれば、その魔手は現総理にも向けられる可能性があった。洋子は中林総理の許可を得て、銀座ホステス新川恵里菜の勤務する店『桜宵』の情報を集めた。

警備部の情報官を使うと、公安に筒抜けになるので、洋子は性活安全課時代の部下、小栗順平に依頼した。

小栗は性活安全課の休業中は、刑事部捜査二課に、IT分析官として仮配属され、特殊詐欺の手口の分析やダークウェブの探索などに腕を振るっていた。もちろん性安課がいつ復活してもいいように、ダークウェブ内の売春組織の内偵にも余念がなかったはずだ。

『桜宵』のオーナーママである桜井《さくらい》照枝《てるえ》は、六本木のキャバクラ出身の四十七歳だ。

二十代からキャバ嬢をしており、議員秘書や大手広告代理店のエリート社員などを顧客に持っていた。

器量のよさに教養を備えたホステスとして、六本木では売れていたそうだ。

銀座進出は十二年前のことになるが、桜井照枝の馴染みだった広告代理店『雷《らい》通《つう》』の幹部社員が、なにかと協力したという情報もあった。『雷通』はもはや普通の広告代理店ではなく、国家的イベントに深くかかわる政商と言った方が早い。

銀座に店を構えた桜井は、自分の眼に適《かな》った客しか上げないという、実に古風な経営手法を取った。

ふるいにかけたかったのは、六本木や西麻布《にしあざぶ》で闊歩《かっぽ》するベンチャービジネスの成功者たちだ。

二〇〇〇年代以降の、ベンチャー富裕層の客をさんざん見てきた桜井は、そのマナーの悪さに閉口していたという。

『自分の店に来るお客様は、スーツにネクタイをきちんと締めて欲しい。持ち物は一流品でなくともよい。要は品格のあるという方々だけで楽しんでいただきたい』

そう言って憚らなかったそうだ。

そのかいあって『桜宵』には、しだいに政界、官界、財界の大物たちが顔を出すようになる。

今泉正和などは、品格ある政治家の代表であろう。もっとも、それでも発情はするのだが。

『桜宵』は昭和の料亭政治とまでは呼べないものの、そのホテルのラウンジのような個室に集まる面々で、この国の未来を語り、政策を策定していたとしてもおかしくない。

いずれにしても、小栗の調査はそうした店であったことを嗅ぎつけていた。

同時に松重豊幸にも動いてもらった。

都合のよいことに当時、松重は銀座中央署の組対係《マルボウ》に出向していたのだ。それ自体がマルボウ刑事が売春組織を運営しているのを暴こうとする覆面捜査だった。

松重は、小栗の机上調査に基づき、足で稼いだ。その結果、さらに怪しげな事実が出てきた。

『桜宵』は今泉前総理の死亡二日後に、突如廃業している。

そして、この店で働いているホステスに元から水商売の女は一人もいなかったということだ。

桜井照枝は、どうやってその人材を集めたのか？

さらに松重は、警備部のSPの何人かが、売春組織と繋《つな》がっていることまで嗅ぎつけた。

ここで洋子は膝を叩いた。

今泉前総理の死体の第一発見者はSPの森川だったのだ。

匂う。何か強力な隠蔽《いんぺい》工作の匂いだ。

そして新川恵里菜と桜井照枝のその後の行方に至っては疑惑だらけだ。

桜井照枝は、店を廃業した翌日にマイアミに転居していた。一年前にすでにコンドミニアムを購入していたともいう。

マイアミ行きをセットアップしたのは政界ロビイスト槙尾洋蔵《まきおようぞう》率いる『朝陽《あさひ》トラベル』であったことも気になるところだ。

秘密裡に別室に匿《かくま》われた新川恵里菜は、その後、公安の管理下に置かれていた。現場に居合わせていなかったことになっているのだから、捜査一課《ソウイチ》が出張ってくることはない。

政治的要素が絡めば公安が重要参考人とするのは当然だ。

警備部特殊警護課《SP》と公安部は、テロ対策において常に連携し合っている。情報の公安、身体を張るＳＰの関係だ。

また警視庁においてこのふたつの部門は、もともと同根である。公安部も元は警備部であったからだ。

そして公安は、新川恵里菜をとんでもないところに隠していた。ついに小栗が、あらゆるＩＴ技術を駆使して割り出したのだ。

隠匿《いんとく》場所は、米軍嘉手納《かでな》基地だった。

この事実を目の前にして、洋子は中林総理に沖縄潜伏を懇願した。

「総理、今泉前総理の死亡の件、公安が隠蔽していますが、単純に破廉恥な出来事を隠しているだけとは限らなくなりました」

総理は面食らった顔をしたが、洋子は続けた。

「諜報《ちょうほう》活動を目的にした売春組織を作り上げていた可能性があります。恥ずかしながら、私の所属する特殊警護課も、その片棒を担いでいたと思われます。さらに言うならば、安藤《あんどう》、奈良の両元総理が絡んでるのではないかと」

最後にふたりの元総理の名を出したのは、ハッタリだ。根拠と言えば、桜井照枝の人脈からだ。経済評論家の大物ロビイスト槇尾洋蔵が社長を務める『朝陽トラベル』と大手代理店『雷通』が桜井の周囲に見え隠れしている。

これらの政商と密着していたのが、新自由主義を標榜《ひょうぼう》していたふたりの元総理だ。

「わかりました。許可します。ただし、警察内部の犯罪を暴くには、それなりの権力がいるわね……」

公用車の中で、何度も美脚を組み直し、艶っぽい表情で総理は言った。

そこで出来たのが、総理直轄の裏工作部隊『真木機関』だ。総理大臣機密費から、結構な予算までつけていただいた。

新型コロナウイルスの感染拡大を受けて休業となった性活安全課のメンバーは、この『真木機関』に集められることになったわけだ。

*

これまでの経緯《いきさつ》を、ざっと思い起こした後、洋子は目の前の小栗の説明に耳を傾けた。

「闇カジノですから、当然勝敗はコントロールされています。最初はたっぷり勝たせて、うまみを覚え込ませます。そこからは徐々に崩していきます。負けた分を取り返させるために、信用貸しをするのがミソです」

小栗の説明はちょっと、まだるっこしかった。

「それで借金地獄に落として、売春させるっていうのは、極道の古典的な手法だけど、新川恵里菜がいた売春組織とどう繋がってくるのかしら」

洋子は先を急がせた。

「昨年、新川恵里菜もこのカジノに出入りしていました。大学時代の友人とです。はい、僕もたまにはリアル捜査もするんです。その友人の話を元にデータを拾い集めました」

小栗はちょっと得意そうな顔になった。

「それで、新川恵里菜ってどんな経歴なの？」

洋子はそっけなく答え、テーブルの端を指で突《つつ》いた。三度ほどだ。

「神奈川県相模原《さがみはら》市生まれです。父親は国内系航空会社の地上勤務。主に海外の旅行会社へのセールス担当です。その関係から、一家は海外駐在も多く、恵里菜も中学時代にニューヨーク、高校時代はシンガポールにそれぞれ二年ずつ住んでいます。大学は四谷のＪ大学ですが、卒業後は河合《かわい》物産に就職しています。元ＯＬです。現在の年齢は二十九歳で間違いありません」

「輝くキャリアね。そんな子が銀座には多いと聞くわ」

「その通りです。ある程度の格の店では、語学堪能《たんのう》、高学歴の女性を置いています。ただしそのスカウトはなかなか大変ですね」

「で、闇カジノってことね」

洋子は先回りをした。

「まさにです。ただし、恵里菜がはめられたのは那覇のカジノではありません。横浜の元町で開いていた闇カジノです。五年前のことです。帰国中に、国内勤務の友人に誘われて行ったのが始まりです。カジノの胴元は横浜の爆風連合でした。カタにはめられ、航空会社は退職しました」

「それで、銀座ですぐに仕事を始めたの？」

「いいえ、しばらくはその闇カジノへの勧誘をやっていました。つまり恵里菜を誘った友人も、同じカタにはめられていたということです。恵里菜の銀座デビューは三年前。外務大臣になる以前の今泉さんと引き合わせたのはママの桜井照枝でまちがいないでしょう」

「芋づるかぁ」

洋子は腕を伸ばした。

「その爆風連合の幹部が、二年ほど前に那覇に開いたのがこの『ソーコ22』なわけです。臭いませんか。銀座の高級クラブをショーウインドウにした売春組織の、ゲートウェイがこの闇カジノと見立ててみました。おそらく、ここはあくまでゲートウェイのひとつでしかないでしょう。本体は別にあります」

「準暴の爆風連合が直接運営しているとは思えないわね」

洋子は、どっかりと執務椅子に腰を下ろした。『真木機関』の発足祝いに総理から贈られたものだ。大統領のような椅子だ。

「はい、半グレ上がりの準暴が仕切っているには、大きすぎます。爆風は単に入り口を請け負っているに過ぎないでしょう。その本体がどんな組織なのかは、まだ計りかねますが諜報機関《エスピオナージ》絡みとなると、いくつも壁を作っているはずです。このカジノには米兵崩れの外国人スタッフもボディガードとして雇われています。そこら辺も怪しいですよ。たぶん外国人観光客もターゲットなんでしょう。事実、昨年、新川恵里菜がこのカジノに顔を出したのは、在日米国人の接客でです。まずはこの『ソーコ22』を揺さぶり、穴を開けてみるのはどうでしょう。奴《やつ》らの手口は、すでに聞き出しました」

小栗が具体的な爆風連合の手口を語った。

洋子が松重豊幸と上原亜矢を那覇に飛ばしたのは、話を聞いた二時間後だ。まずは内部のサクラとして雇われる工作をしてもらう。

洋子自身が、那覇入りしたのは、一か月前。

そして、ようやく喧嘩を売る日がやって来たわけだ。

4

洋子は、ホイッスルを咥えたまま壁を睨んでいた。

その向こうに、囚《とら》われている女たちがいる。壁が開くカラクリを探すが、なかなか見つからない。

ビルのエントランスを映すモニターでは、すでに男たちが入り込んできた。地下室へ降りる階段へと向かっているところだ。新たにやってきた連中は、鉄パイプや金属バットどころか、大型ハンマーや木こりが持つような大型の斧《おの》まで携えている。

あとさきを逆にするのも手だ。

「松《ま》っさん、亜矢、耳栓はつけているわね！」

洋子は大声を上げた。

ふたりとも、まったく気づかない。耳栓をつけている証拠だ。亜矢はやたらと回し蹴りを見舞っている。

そのたびに、股の狭間が丸見えになっていた。この部下にとっては『まんちら』も戦法のひとつなのだろうが、上司としてはいかがなものかと思う。

残っている三人の敵は、時間稼ぎをしているのか、逃げ回りながら打ってくるというしぶとい戦術に出ている。

あれが時間稼ぎでなければ、亜矢のまん処をチラ見していたいだけだ。

その三人も、ひと吹きすれば倒せるのだが、なんといってもこのホイッスル、一回しか鳴らない仕組みになっている。

武器開発も担当している小栗だが、この二年、捜査二課へ出向していたので、そうした企画からも離れていた。小栗は、映画『007』シリーズに出てくる、英国諜報部MI6武器開発担当将校『Q』に憧れ、さまざまなトリック武器をつくりたがるのだ。

今回は、やっつけでこの特殊ホイッスルを製作してくれた。まだまだ改良の余地はありそうだ。

というわけで、吹くのはここ一番でなければならない。

洋子は、新たな武闘集団が入ってくるのを待った。

じっと待った。

モニターにアフリカ系の男の顔がアップになった。その背後にプロレスラーのような男たちが、続いている。暴力がそのまま人間の形になったような連中が、徒党を組んでやってきた。

ドアが開いた。

アフリカ系の男を先頭に、十人の男が一気に雪崩《なだ》れ込んできた。大型ハンマーを持った男が亜矢に向かっている。

「危ない」

と叫んだが、互いに耳栓をしているので、届きようがなかった。

洋子はホイッスルに息を吹き込むべく頬を膨らませた。

その瞬間だった。

気配に気づいた亜矢がくるりと振り返った。いきなり左足の爪先をすっと上げる。例によって股布がひも状になって肉丘を分けるように食い込んでいた。

そのせいかアフリカ系の男の腕が一瞬止まった。頭が少し垂れる。やはり男はそこが見たいのだ。

亜矢がニヤリと笑った。そのまま左足の爪先が男の睾丸をクリーンヒットする。

男が大型ハンマーをボロリと落とし、顔を歪ませ、喚《わめ》きながら蹲踞《そんきょ》の姿勢になった。苦しそうだ。

無音の中にいるせいか、それら一連の動作が、スローモーションに見えた。

他の連中も、一瞬、立ち止まった。よく受け止められないようだ。今度はストップモーションがかかったようだ。

アジア系の顔をした男が、手を挙げた。おい、何をぼやぼやしているのだと言っているのかも知れない。

呆気に取られていた猛者《もさ》たちの顔に怒気が戻った。

映画の中の芝居がふたたび動く――そんな感じだった。

一斉に、洋子、松重、亜矢に向かって、凶器を振り上げてきた。大型ハンマーも斧も重い武器なので、動作は緩慢であった。たぶん威勢のよいのは声だけなのだろう。

洋子は、ホイッスルを吹いた。

一回こっきりしか鳴らせないので、盛大に吹いたつもりだ。

どんな音がしたのかわからない。

だが、目の前の男たちは、一斉に武器を放り投げ、耳や頭を押さえて、その場にしゃがみこみ、そのまま気を失った。

蹲踞の姿勢で、身を捩《よじ》っていたアフリカ系の男は、腹部を抑えたまま、もんどりうった。

全員、ひと吹きで気絶したようだ。

凄いホイッスル。

洋子はアフリカ系の男に駆け寄った。虫の息ではあるが、息はしていた。

ホイッスルの音は一七〇デシベルというあたりか。

ロックコンサートが一一五デシベルで、ジェット機の音が一四〇デシベルとされている。人間が耐えられる音量とはこのぐらいまでだ。

一八〇デシベルはロケットの噴射する音で、半径五メートルに立っていたら鼓膜が破ける。

小栗は、その寸前のデシベルを用いたということである。爆音はそれ自体が武器ということだ。

彼らは、三分程度、動けないはずだ。

洋子は耳栓を外した。

いきなり音のある世界が戻ってきた。

カジノ内に流れるキャブ・キャロウェイの『ミニー・ザ・ムーチャ』は絶好調で、ハリハリハリハー、オリオリオリオーのコールアンドレスポンスが延々と続いていた。なんともいえない胡散臭《うさんくさ》い歌声で、この場の雰囲気を盛り上げてくれている。

松重と亜矢も耳栓を外した。松重は、目の前で倒れているアフリカ系の男を軽く蹴った。反応はない。亜矢は、仕事は終わったとばかり、股布を伸ばしていた。なんとも生々しい仕草だ。

「松《ま》っさん。ハンマーとか斧で、この壁、叩き割ってしまいましょうよ」

「なんか、真木ボスにしては洗練されていない手ですね」

そう言いながらも松重は、大型ハンマーを引きずってきた。アロハを着た中年のおっさんが大型ハンマーを手にしている図は、何ともシュールだ。

「わかっています。でも、小栗君から、このホイッスルの効果は、約三分しか効果がないといわれているから。ちょっと仕掛けがわからないんです」

「ホイッスルの音は、スタングレネードの応用だな。だったら確かに三分しか持たない。小栗のことだ、極力小型化し、なおかつ効果のでかい武器を考えたのだろう」

スタングレネードは、ハイジャックや人質を取った立てこもり事案等に使用する非致死性閃光弾《せんこうだん》で、爆音と大閃光で、一時的に犯人を気絶させる武器だ。別名フラッシュ・バン。閃光の方は百万カンデラ。無理やり太陽を見せられるようなものだ。その爆音の方だけをホイッスルに転用したということか。吹くことによって、スイッチが入る。そういう仕組みというわけだ。

「ごめん、ちょっとスイッチとか探している余裕がないの。叩き壊そうよ」

洋子は、木こり用の斧を手に取った。

「ボスもやるんですか」

股布の位置を直し終えた亜矢も斧を手に取った。

「やるわよ。私、ＳＰへの出向で、体力つけてきたんだから」

「電気ドリルとかがあれば、便利だったんですけどね。どうせなら、こいつらもそういう武器で襲ってくれたらよかったのに」

亜矢が言いながら壁に向かった。

「小栗君に伝えておくわよ。電ドルのコンパクトバージョンね」

洋子は頷《うなず》きながら、壁に向かった。

「せーの」

松重が、壁にハンマーを打ち込んだ。壁にそのまま穴が開いた。ハンマーの形だ。

洋子と亜矢は斧だ。深々と入る。

「コンクリートなんかじゃないな。これは石膏《せっこう》ボードだ。簡単に打ち壊せる」

松重が二打目を打ち込んだ。白い石膏が崩れてくる。

「いやっ、殺さないでください。イラマチオも後ろもやりますから！」

中から女の声がした。涙声だ。

「はい、私も、明日から、女性客も受けます！」

別な女の低い声だ。

「だから、暴力はやめてください」

さらに別な声。こちらは、甲高い声だった。比嘉たちに、さまざまな要求をされていたらしい。

「暴力を振るう気はない。扉の開け方がわからないだけだ」

松重が大声を張り上げた。元マルボウのしわがれた声は、いまどきの半グレや準暴よりも迫力があった。逆に怯《おび》えるだろう。

すでに壁から斧やハンマーの尖端が顔をだしているのだ。そりゃ怖い。殺されると思っても間違いない。

「出入り口は天井です。そこから梯子《はしご》が降りてくるんです。四方に扉はありません」

また別な声の女だ。アナウンサーのように響く声だ。

そういうことだったらしい。いくら探しても、このオフィス内には見当たらなかったわけだ。囚われている女性たちにとっては、そこは部屋ではなく、奈落だった。

「わかった。みんな、向こうの端に固まっていて。こっちの壁を壊すから」

洋子はそう伝えた。

モニターの女たちが、反対側の壁に身を寄せる様子が映った。気絶している男の数人が、半身を起こし始めていた。

「あっちは、私が」

亜矢がカジノ側に戻り、目覚めた男たちのひとりひとりの腹部に回し蹴りを打ち込み始めた。

いちいち、回さなくてもいいと思う。亜矢は、亜矢で、チラリとでも股間を見せたいらしい。やっぱりこの女、どっか、おかしい。

洋子は打ち壊しに精を出した。いまどきのマンションと同じ石膏ボードなので、たやすく崩れていく。

ストレス発散になった。松重、共々、ハンマーと斧を食いこませていると、一分ほどで、壁に人が行き来できるほどの穴が開いた。

「助けてくれてありがとうございます。私、根田翼《こんだつばさ》といいます」

アナウンサーのような声をした女が、近づいてきた。洋子は、きっぱりと言ってやった。

「勘違いしないでね。救出に来たわけじゃないのよ。オーナーチェンジ。今夜から、私がここを仕切ることになったのよ。これからはビッグボスとお呼びなさい」

斧をドスンと床に突き立てた。このセリフも演出も松重の案だった。

翼という女は眼を丸くし、両拳を強く握り、床に視線を落とした。

「そ、そういうことですか」

涙声の女だ。

「そういうこと」

洋子は冷たく答えた。

「この男たちは、どうしますか？」

松重が聞いてきた。

「松《ま》っさんと上原さんに任せます」

「監禁して、調教します」

亜矢が言った。

「比嘉は、私の部屋に。もちろん真っ裸にして縛ってね」

洋子は腕を組みながら言う。

「ボス、変わりましたね。調教ですか？」

亜矢が眼を輝かせている。

「いや、あなたじゃないのよ。比嘉とは、これからいろいろ取引《ディール》するつもりだけど、何かされても困るし」

洋子は顔を顰《しか》めた。

「えっ、何もさせたくないんですか」

その亜矢の言葉は無視して、洋子は、まず五人の女だけを連れ出した。松重はスマホを取り出し、『真木機関』のもうひとりの武闘派を呼び出していた。

相川将太《あいかわしょうた》。彼が運送屋を引き連れてくるはずである。性活安全課発足時からのメンバーで松重を父のように慕っている男だ。小栗は知性派、相川は武闘派というわけだ。

第二章　ロコローション

1

「とりあえず、昨夜《ゆうべ》はぐっすり眠れたかしら？」

洋子は濃いエスプレッソをカップに注《つ》ぎながら、五人の女たちに確認した。

桜坂《さくらざか》劇場にほど近いオフィスビルの最上階。『マッキーズ・ジャパン』の那覇仮設事務所の応接室だ。

窓からは、雲のない青空が広がってきた。

急ごしらえの舞台装置にしては、それらしく見えるようにデスクや調度品がセットアップされている。

「はい、ホテルを用意していただいて感謝しています」

一番最初に、自己紹介してきた根田翼が、深々と頭を下げてきた。

「それでは翼ちゃんから、年齢と、前の職業を教えて」

洋子はたったいま、松重から届いたばかりの資料を眺めながら、人定《じんてい》を始めた。資料とは『ソーコ22』のオフィスに隠されていた、彼女たちとの契約書だ。接待業としての契約書で、寮に暮らすことになっている。つまり二十四時間管理下にあったというわけだ。

寮は、あのビルのすぐ近くにあるマンションだった。ワンルームにふたりずつ住まわされていた。

洋子が知りたいのは、どういう経緯《いきさつ》で彼女たちが、彼らの手に落ちたかだ。

「根田翼です。年齢は二十八歳。松山通りのキャバクラにいました。『アンダー・グラウンド・ガールズ』という店《ハコ》です。店によく来ていたのが、比嘉さんです。映像制作会社の人だとばかり思っていました。とても紳士的だったし」

翼がか細い声で言った。

「もともと、ソーコのことは、知っていたの？」

ズバリ訊《き》いた。

「いいえ。半年ぐらい前に、比嘉さんが東京の大手広告代理店の人と一緒に来て、その新規のお客さんが、私を気に入ってくれたようで、アフターに誘われたんです。華《はな》も一緒に、ステーキを食べに行って、それからソーコに行きました。そのとき比嘉さんは、ゲーセンみたいなものだと言っていたのですが」

と、翼は隣に座る女を見た。

「あなたが華ちゃん?」

洋子は契約書を捲《めく》った。

「はい。黒井《くろい》華です。翼より一個上で、二十九です。同じ店にいました。翼が言った通りです。私は比嘉さんの本指名でした。まさかあんなことをする人だったなんて、思いもしませんでしたよ」

華は、エキゾチックな顔立ちで、低い声の持ち主だ。

ひとりずつに突っ込む前に、まず全員に平等に聞くことにした。

「そこのあなたは?」

「私は戸川茉菜《とがわまな》といいます。本業は中国語と英語の通訳です。五年前に横浜から移住してきました。語学を生かして、フリーの観光ガイドの仕事をしていました。二十八歳です。『ムーン・ロケーション』は外国人キャストもよく使っていたので、通訳を頼まれました」

利発そうだが、甲高い声の持ち主だった。華とは対照的な和風美人だ。

残ったふたりが続いた。

「玉木美和《たまきみわ》です。二十七歳。モデルです。といっても地元の観光パンフとか、そんなのばかりですけど。『ムーン・ロケーション』のエキストラみたいな仕事をしていたのがきっかけで、あのカジノに行くようになりました」

この女は博打《ばくち》をしていたということだ。

「真梨邑《まりむら》メイサ。私だけもう三十なんです。港川《みなとがわ》外国人住宅街のカフェで働いていました。元米兵がやっているカフェです。比嘉がよく撮影場所として使っていたんですが、いまは奴らに乗っ取られました」

港川外国人住宅街は、かつて米軍関係者が住居としていたアメリカンハウスをリノベーションしたお洒落《しゃれ》なカフェが並ぶエリアだ。

「お店の名前は？」

ここは突っ込んだ。

「乗っ取られる前は『ペンタゴン』、いまは『スーパームーン』になっているはずです」

アメリカ国防総省が日本の準暴に乗っ取られたということだ。

ふたりのキャバ嬢に、通訳兼観光ガイド、モデル、元アメリカ兵の経営していたカフェの従業員。

一見ランダムなようで、実は繋《つな》がりがある感じだ。

キャバ嬢の客は大手広告代理店の事業部というのが接点にもなる。いずれも、『ムーン・ロケーション』という映像制作に繋がってくるのだ。

「あの、私たち、これから、どうなるんでしょう？」

翼が洋子の手に握られている契約書に視線を落としながら聞いてきた。

「二年契約のまだ三か月目ね。あと一年九か月、頑張ってもらうわ。けれど、イラマチオ、アナル、レズを強要しないわ。したいなら止めないけど」

「本当ですか？」

翼の表情が突然明るくなった。

「で、あなたたち、なんで、比嘉とこんな契約を結ばされたの？　そこら辺を詳しく話してくれたら、もう少し、マシな待遇にしてあげるわよ」

刑事には絶対許されない利益誘導的尋問に切り替えた。秘匿部門ならではの、供述取りだ。

「それはカジノですったからですよ。最初はめちゃくちゃ勝ったので、調子こいてしまったんですけど。あるタイミングから、じわりじわりと負けていくんです。それも降りる気になかなかなれないように、時々は勝つんです」

翼が代表して言い、他の四人に「ねっ」と同意を求めた。それを極道用語で『カタにハメる』というのだ。

「嵌《はま》っていく過程と、精算方法を教えてちょうだい。うちらも同じやり方で稼がせてもらうから。きちんと教えてくれたら、ユーたちを幹部にとりたてるわ。比嘉には一切手出しさせない」

洋子が豪語すると全員が呆気《あっけ》に取られた。

元カフェ従業員のメイサとモデルの美和が、即座にそれはやりがいがあると、膝を叩《たた》いた。通訳の茉菜はうつむいた。良識があるということだ。キャバ嬢ふたりは、ワンテンポ遅れて、悪くはない話ね、と頷《うなず》きあった。

代表して三十路《みそじ》のメイサが説明してくれた。

ハメ方は単純だった。

キャバ嬢はアフターで、通訳は一緒に闇カジノに入り、自分たちもゲームだと思いルーレットやブラックジャックに手を出す。

モデルの美和とカフェのウェイトレスだったメイサは、ロケの打ち上げ後に、スタッフやキャストと共に『ソーコ22』に足を踏み入れたのが始まりだった。

最初は客を乗せるために一緒に張ってくれと頼まれた。チップは比嘉が用意した。十枚がいつも渡される枚数で、だいたいの客が十枚から二十枚でスタートしていたという。

初日は、ブラックジャックで五勝五敗でチャラ。比嘉から帰りのタクシー代ということでそれぞれ三万円を貰《もら》う。本業の日給よりも良いので、頼まれるといつでも喜んで付き合うようになった。

カジノにはイケメンの客がよく来ていた。ホストたちが女性客を連れてくるのだ。

そのうち、勝つようになった。メイサが自分は二勝一敗のペースだったというと、他の女たちも同じ、同じ、そんなペースと口を揃《そろ》えた。

徐々にルーレットでは大きく勝つようになった。

二時間ほどの勝負でチップが五十枚ぐらいに増えた。そんな『勝ち日』が三回続いた。全員自分が才能があるのではないかと思ったという。

ルーレットのディーラーからは『波に乗っちゃっている客は手が付けられない。だいたい三か月続くんだよな。まいったな。早くツキが落ちてくれよ』と煽《おだ》てられた。悪魔のささやきだった。

五人が五人ともツキのあるうちに本気の勝負をしたいと思うようになったそうだ。

メイサはチップ一枚の単価を聞いた。一枚二万円だという。つまりは自分たちは夜ごと五十万勝っていたことになる。錯覚した。とんでもないハイローラーたちが集まる場所であることで脳を麻痺《まひ》させられていたのだ。

すでにタクシー代だけで二十万ほど貰っていたことも気持ちを大きくさせた。

メイサは五枚をオーダーした。後払い精算ということだった。勘定書にサインするだけでよいのだ。これも気持ちにゆとりを持たせてくれた。

その夜、三時間の勝負で、メイサのチップは十七枚に増えていた。

「精算方法は、文庫本?」

早く知りたくなって、洋子はつい口を挟んだ。

「それは百万単位の勝ちの人です。私は、ハーシーの板チョコ三枚と金の一粒チョコ二個」

板チョコが一枚五万円。粒チョコが一万円ということだ。

「あとでホテルのティールームで現金と交換されるのね」

「それは観光客です。地元の人間には、配達に来ます。私ならカフェに、翼や華にはキャバでチップだと言って渡されます」

「わたしと美和さんは、報酬が増えます」

通訳の戸川茉菜が付け加えた。

「そうなのよ。むりくり仕事を作ってくれて、とっぱらいでギャラをくれるの。しかも支払い明細付きで。だから、私たちは、博打に勝ったという意識をあまり持たなかった。これはお遊びなんだと……勝っているうちはね、そう思い込んでいた」

モデルの美和もそう言いながら身を乗り出してきた。

実にうまいやり方だ。

賭博の勝ち金としては一切支払われていない。その場ではあくまで景品なのだ。

またこの時点では、彼女たちも一度も現金を支払っていない。

チップは、あくまで最初に貸し出したものと差し引きで計算されているので、勝っている限り、財布を開けることはなかったはずだ。地獄の釜の蓋は既に開いていたわけだが。

「負けが込み始めたのは？」

契約書をデスクに仕舞い、洋子は聞いた。顔と名前、経歴は、しっかり頭に入った。

「二か月ぐらいしてからです。すでに百万円以上、貯金がたまっていたので、どんどん気持ちが大きくなっていました。私、絶対、賭け事の才能があるんだと、信じちゃっていたんですね」

古今東西、博打の天才はいない。勝ち越した者たちは、みな口を揃えて言う。早めに止《や》めたからだと。

「ゆっくり下降線をたどっていったんでしょう」

およそ極道ほど、心理術にたけた連中はいない。焦らず、じっくり獲物を追い込んでいったはずだ。

「はい、次第に二勝一敗だったペースが一勝二敗になっていくんです。ルーレットはホントに惜しい隣の数字に入るし、ブラックジャックは、もう一枚としたい局面で、前の人に引かれちゃうんです。その数字が21になるためのジャストだったりすると、自分の勘は狂っていないと思いがちです。まさかブラックジャックは配札《くばり》からコントロールされているとは思わないし、ルーレットは裏でマグネットを自在に扱っていることも知りませんから」

通訳の茉菜が唇を嚙《か》みながら言った。

「で、じりじりと負けて、借金がかさむわけね」

洋子はその茉菜を見つめながら言った。たぶん、この五人の中で、もっとも知性があり、合理的な説明が出来る相手だと踏んだ。

「そうなんです。負けても、一緒にいるキャストや東京からのスタッフがゲームを続けていると、その場から降りられない雰囲気があります。もちろんちょっと休憩しても誰も咎《とが》めませんが、ひとりで帰るというのは無理です。何となく非礼に当たるというか。アフターで来ている翼ちゃんや華ちゃんは絶対無理だったと」

茉菜がその場の雰囲気をリアルに説明してくれた。翼と華も大きく頷いた。茉菜が続けた。

「それで、我慢しきれずまた賭けちゃう。で、どんどん負けが込み始めるんですが、帰り際には、七割ぐらい取り戻させるんですよ。直前まで三十万円以上負けていたのに、一緒の客が帰ろうと言い出した途端に、二十万円ぐらい勝っちゃう。あ〜もう十分ぐらいやっていたら勝ちに転じるのに、というときに切られるんです。あげく『負けの十万円は次回の帰りに精算でいいよ』って言われたら、次に勝てばいいんだぐらいに考えちゃいますよ」

そうやって獲物の感覚を麻痺させてしまうのだ。

「気が付けば、十日の間に負けは二百万。返せる額じゃなくなって……さらに大きく勝負しようと五十万借りて三時間で全滅ですよ」

翼がそう言い、がっくりと肩を落とした。

「二年契約すれば、契約金として、負け金は棒引き。別に借金を負わされるわけじゃないんです。寮にも住めて、このカジノ専用のホステスになるだけだと。それなら私と翼なんかは、単純な店替えと一緒だな、と。お給料は月五十万だし、悪くないですよ。後はチップで稼げと。客はすべてムーン関連の客で、比嘉がすべて把握しているわけだから、得体の知れない客もやってくる松山のキャバなんかよりよっぽど質がいいし」

華が肩を竦《すく》めた。

「普通、そこで、単純な接客だとは思わないでしょうよ」

洋子は呆《あき》れた。

「いや逆です。客との関係は自由です。さらに比嘉は、絶対にセックスはさせるなって言うんです。させたら、客ではなく私たちの方が罰金五十万です。手とか、口とか、後ろとかは、いいと」

モデルの美和が照れくさそうに言う。

「意図がわからないわ」

洋子の口から、本音が零《こぼ》れ落ちた。

「売春は絶対にノーというのが、比嘉の方針だったんです。でも、それ以外のことは積極的にやれと……確かにその方が客は離れないです」

華が、自信ありげに言う。どうもこの子たちは、どこか緩んでいる。

「やっちゃった人はいないの？」

洋子は、五人をひとりずつ睨《にら》みつけた。

四人が首を振った。特に通訳の茉菜は大きく首を振った。

「私、罰金を取られました。十か月間、マイナス五万円です」

モデルの美和だけが、右手を上げた。

えーっと他の女たちが非難するような声を上げる。

「どの客とよ？」

年長のメイサが、眼を吊《つ》り上げた。

「雷通の江口《えぐち》さん。本業のモデルにカムバックしたら、CMは無理でもイベントとかに使ってもらえるかなって……」

完璧な枕営業だ。

「江口さん、比嘉にそれを話しちゃったもんだから、私、罰金」

美和がすまなそうに、手を合わせた。

「で、仕事は貰えそうなの？」

「そこはまだ……っていうか江口さんも、もはや比嘉の言うなりだから……その線で押してもらった方が早かったのに、失敗したわ。まぁ、自己責任よ」

美和はがっくりとうなだれた。

「男の負け組はどうなるの？」

洋子は訊いた。確認したいところだ。

「結局、お客さんたちも、私たちと同じように、なんらかのカタにハメられているはずです。詳しくは知りませんが、利権のコントロールみたいです」

メイサが答えてくれた。

「借金を背負わすということじゃないのね」

洋子は脚を組み直した。

「あのカジノでハメる客というのは、すべて何らかの利権を握っている人たちですよ。私たちは、その情報を取るためにも利用されていたんです。だから、やってはいけないいんです。やると飽きられちゃうので。ぎりぎりの線で焦《じ》らして、情報を取るんです」

美和が言うと、翼や華も頷いた。

「どんな情報？」

この女たちに諜報《ちょうほう》活動をさせていたとは思えない。洋子は怪訝《けげん》に思った。

「比嘉から言われたのは、友人知人の情報です。同じ部局にいる同僚や取引相手の名前。そう言ったことを聞きだすんですよ。舐《な》めたりしながら」

「本人の情報じゃないんだ？」

「はい。私の場合だと、雷通の江口さんから、広告主の七菱《ななびし》自動車の宣伝部の人の情報を取らされました」

「あぁ、最近来始めた渡邊《わたなべ》さんね。あの人、その江口さんに繋がっていたんだ」

メイサが相槌《あいづち》を打つ。

「いま、メイサ姉さんが、絶賛口説き中でしょう」

翼は冷やかした。

「そう。あの人、七菱自動車のトラック輸出部の人よ。彼、政治家たちとも繋がっているみたい……今その名前聞き出せっていわれていたところよ」

メイサの一言が、洋子の心臓に響いた。ついに政治家が話題になった。この組織と銀座のホステス新川恵里菜は繋がっていると確信できる。

「それで、政治家の名前は聞き出せたの？」

洋子は声のトーンが上がりそうになるのを必死で押さえて、聞いた。

「まだ、二回しか会っていません。全然そこまでたどりつけませんでした。次はいつ那覇に来るのかも不明です」

メイサが頭を掻《か》きながら言う。

今日のところはここまでにする。

「ありがとう。いろいろ正直に教えてくれたので、約束通り、みんなのことは幹部にします。待遇も改善するけど、内容はちょっと待ってね」

じっくりこの女たちの使い道を考えねばならない。

「よければ、私にルーレットディーラーの修業をさせてくれませんか」

通訳の茉菜が、凛とした調子で聞いてきた。上昇志向が強いようだ。囚《とら》われの間も有効に使いたいと考えているようだ。

「心得はありますか？」

「いいえ。店にあった盤に、お客がいないときに何度か投げさせてもらっただけです。あれ結構嵌りました」

「茉菜ちゃん、凄《すご》くうまかったですよ。私、見ていましたから」

翼が褒めた。

「わかりました。考慮します」

どうせ盤面には小栗が新たな仕掛けをすることになる。数字はコントロール出来るのだ。

任せてみようと思う。だがそれはまだ、伝えなかった。

「最後にひとつ聞きます。この女性に見覚えはない？」

ローテーブルの上にタブレットを置き、新川恵里菜の画像を指さした。全員が鶴のように首を伸ばして覗《のぞ》き込んだ。

誰もすぐには反応しなかった。

知らない感じだ。

しばらくして、メイサが、

「はっきりした記憶ではないけれど、ずっと前に、うちのカフェにきたことあるかも。『ペンタゴン』時代にね」

と顎を何度も扱《しご》いた。

「ほんと？」

すかさず茉菜が聞いている。他の四人は知らない様子だった。このカジノには出入りしていないということか。

ここでホステスをしていたという構図ばかりを立てていたのだが……。

「いや、自信はないよ。ずいぶん前の記憶だし」

「どれぐらい前？」

洋子は押した。

「三年ぐらい前。マスターのブッチャーのところに何度か来ていたような、違うような……ごめんなさい」

メイサは思い出せないようだ。

スッキリしない空気が応接室を覆った。そう簡単に裏は取れないということだ。

窓外の空は、うんざりするほど澄み渡っていた。

この町の限りなく暢気《のんき》なムードに、時に洋子は苛立《いらだ》ちを覚えていた。

何でもかんでも『なんくるないさぁ』で誤魔化されても、物事は解決しない。

2

『ソーコ22』のカジノルーム。乱闘から十五時間が過ぎていた。

「協力した方が得だと思うぜ」

松重はルーレットテーブルに腰を載せていた。ストローハットをあみだに被《かぶ》っている。アロハは着替えている。新しいアロハは緑の生地に踊るサンタクロースがプリントされている。じつに惚《とぼ》けたアロハだ。籐《とう》で編んだバッグに、替えのアロハとハーフパンツを入れて来ていたのだ。

人間、気分を変える一番の方法は、着替えをすることだ。

「『関東舞闘会神野組《ぶとうかいかんの》』の組長って、これまた凄いところから圧をかけてきましたね」

比嘉はブラックジャック専用の背の高い丸椅子に座っていた。比嘉の所属する準暴『爆風連合』の本拠地は横浜である。その横浜から東日本最大の指定暴力団にのし上がったのが『関東舞闘会』だ。

爆風連合がどれほど残虐な集団であろうと、また特殊詐欺で荒稼ぎをしていようと、所詮は半グレ集団の準暴力団である。

準暴とはアマチュアを意味する。

対して警察が指定する広域暴力団は、犯罪のプロ集団である。

刑務所に入るのを嫌い、法技術を駆使して無罪に持ち込む努力や仲間を大挙して裁判所に送り込み、証人に圧力をかけようとするアマチュアの準暴に対して、本職の極道は、最初から逮捕、服役する者まで決めた上で、喧嘩《けんか》を売ってくる。

ゆえに準暴が恐れるのは、警察ではなく本職となる。

「神野組長は、いつでも伊勢佐木町《いせざきちょう》のお前らのクラブに、ブルドーザーをぶち込む準備が出来ているそうだ。どうするよ？」

松重はストローハットの庇《ひさし》をさらに上げた、鉄の刃がついた庇だ。

「どうするもこうするも……　本職と渡り合う気なんかねぇよ。っていうか、もう本部には伝わっているのかよ」

比嘉が不貞腐《ふてくさ》れた顔をした。

「おまえの出方次第だよ。まだ爆風の幹部には通告していない。黙って、那覇だけ俺らの傘下に入ったら悪いようにはしない。逆に関東エリアで爆風がどこかの半グレに粉をかけられたら、裏から神野組が助《す》けに入ってくれるだろうな」

松重は、餌も撒《ま》いた。

関東舞闘会は、この五年間で関東の有力組織を次々に併合し、いまや東日本最大の勢力に昇りつめた団体である。

関東舞闘会の他団体併合については、警視庁始め首都圏の各県警の組対部が黙認していたきらいがある。

少なくともマルボウ出身の松重の目にはそう映った。

与党ヤクザの形成のためだ。

それ以外に警察が極道の勢力拡大に目を瞑《つぶ》る理由はないはずだ。関西勢の首都圏進出阻止と外国マフィア対策のためだ。

与党ヤクザとはよく言ったもので、彼らは、ここ一番では国家に協力する。だが、その命令系統がどうなっているのかは、松重は知らない。

「ちっ、あんたが、エキストラのオーディションに来た時点で見抜くべきだったよ。とんだ地雷を家に持ち帰ってきちまった」

比嘉が舌打ちをした。

「悪の道にも時の運ってもんがある。今回は運がなかったが、俺らと一時的に組むことで、運が向くってこともあるもんさ」

松重は、比嘉のことをある程度、買っていた。

カジノのサクラ要員として採用され、約一か月間、この男を見てきたが、ビジネスセンスがあるのだ。

犯罪に手を染めていることに違いはないが、ぎりぎりまで暴力は使わず、頭脳で勝とうとする姿勢は、なかなかのものだ。

「一時的？」

比嘉が怪訝な顔をした。

「そうだ。俺たちが駐留するのは一時的なことだ。目的を果たしたら、東京に帰る。あんたらの組織には手を付けず、そっくり返す。警察《サツ》にも、横浜の本部にも密告《チク》らねぇよ。ただしそっちも裏を掻かねぇっていうのが条件だ」

松重はさらに餌を出す。どうしてもこの舞台装置を手に入れろと言うのが、ボスの真木からの指示だ。なんとかせねばならない。

「適当《べら》こいてんじゃねぇのか。そう言ってロシア軍もウクライナに入ったっていうしな。いい話すぎるぜ」

比嘉も、必死に事情を把握しようとしているようだ。

「面倒くせぇな。なら交渉は決裂だ。ブルドーザーぶち込んで、那覇の爆風は飛んだってことを教えてやるよ。おまえの武勇伝もこれで終わりだ。カスになれよ」

松重は尻ポケットからスマホを抜いた。

「おいっ、待てよ。おっさん」

比嘉の顔が歪《ゆが》んだ。

「もともと、お前には選択肢はねぇ。自分から頭を下げたら、多少は顔を立ててやろうと思ったが、その気はねぇってことだな。もう少し利口だと思っていたがよ」

松重は、スマホをタップした。発信音の間にスピーカートークに切り替える。

「おうっ、神野だ」

スピーカーから野太い声がする。本物の組長が出るわけがない。部下の相川将太だ。

「わかった。わかった。おっさん、一時的なら、あんたらの配下に入る。それで何をすりゃぁいいんだよ」

比嘉の声がひっくり返った。

極道の掛け合いというのは、いわばチキンレースのようなものだ。芝居の巧《うま》いほうが勝つ。

「組長、大変ご無沙汰しております。ユタカです。すみません、ちょっと手違いがありましたので、かけ直します。ご面倒掛けました」

比嘉がオチたという合図のセリフを使う。

「ユタカ、いい加減にしろや。こっちはトレーラーの中にブルまで載せて、出張ってきてんだ、いまさら撤収っつうても、五千や億ではすまねぇぞ」

相川が既定のセリフを叫んだ。

「いや、そのことは、歌舞伎町《かぶきちょう》の上の方で、きっちり支払うことになっています」

多額の金が発生していることを仄《ほの》めかす。

「わかった。お前みてぇな鉄砲玉と話していても始まらん。話は、そっちの爺《じい》さんとさせてもらうよ」

相川はいかにもそれらしい雰囲気を出してスマホを切った。

「これで、俺も五千は稼がなきゃならなくなったぜ。まだ注文つける気かよ？」

ストローハットを一旦かぶり直し、比嘉にガンをくれてやる。

「いやいや、この店なら好きに使ったらいい。システムはうちの若いのに説明させる。それで、他に何をやりゃぁいいんだ」

比嘉が早口になった。

「まずは、クライアントのリストだ。いまそっちがしゃぶっている顧客を全て教えてもらう」

「わかった。リストは渡す。事務室のＰＣの中だ。開けていいか」

比嘉が立ち上がる。

松重も一緒にカジノから事務室側に向かった。

「比嘉ちゃんさぁ、そもそもそっちにこの仕事回してきてるの、どこだよ？　つるんでいる相手いるんだろう？」

比嘉の肩に手を回しながら言う。妙な動きをさせないためでもある。

「えっ」

「爆風の比嘉が単独で稼いでいるとは、こっちも思っていねぇよ。『ムーン・ロケーション』と『ソーコ22』の初期資金を提供したのはどこよ。なぁ比嘉ちゃん」

松重はさらに肩をきつく摑《つか》んだ。

爆風連合の比嘉はあくまでも地元の舞台を管理する下請け。ボスと分析官の小栗の見立てだ。

松重も同感だった。

準暴力団としては、舞台装置が凝りすぎているのだ。プランナーは別にいるはずだ。

「それは……」

比嘉がさすがに言い淀《よど》んでいる。

「いや、そこにも内緒で動くわけよ。ってか、比嘉ちゃんが乗っ取られてるってバレたら、元も子もないわけじゃん。俺たちは一時的に、あんたのシステムを借りたいだけで。そっちはそっちで知らん顔していた方が得だと思うんだよね。せいぜい一か月でおさらばするつもりだから」

　襟首を摑んでノートパソコンの前に座らせた。

「あのおっさん、いやユタカさん、そっちの目的はなんなんですか？」

「取り込み。パクリの類よ。それ以上は聞くなよ」

　同じ悪党だと意識づける。

「舞台にうちを使いたいと」

「そう。『ムーン・ロケーション』と『ソーコ22』はいい設定なのよ。で、どうしてもってことになった」

「それで、本職がケツについていると」

　比嘉が合点したように、頷いた。

「それ以上は、いっさい話せねぇ。成功しても失敗しても一か月で幕を引く。協力するよな」

　比嘉の頭を軽く小突く。

「しかたないですね。ここを開いたのは、雷通の倉田良英《くらたよしひで》さんですよ。当時は営業部の副部長。初芝《はつしば》電機担当でした。俺に『ムーン・ロケーション』を設立させて、クリエイティブチームからCMロケの仕事回したり、テレビ局にも顔が利いたので、沖縄ロケのセッティングなんかを投げてよこしたんです。もちろん、ばっちりキックバックは要求されましたよ」

「おまえと、その倉田という男は何で知り合った」

「倉田さんが新横浜のクラブで開いた裏イベントのセキュリティを、俺らが引き受けたのが縁でした」

「裏イベント？」

「はい、格闘技イベントですよ。観光でやってきた総合格闘技のジュダイ・コリーンズをこっそりクラブに呼んで、日本人選手と試合させたんです。もちろんリアル・ファイトじゃないですよ。三十分ぐらいのスパーリングみたいなものです。それでもまぢかで見られるんですから、三百人ぐらいは集まりますよ。それも最低額で二十万円のチケットです」

「最高額は？」

「百万ですよ。三十人ぐらいは、百万のチケット買います。一緒にＶルームで飲んで、ツーショットの写真と動画の撮影やサイン入りのトランクス、リングガウンがつきます。もちろん、客の名前も書きます。五十万だと動画はＮＧです。三十万は握手とサイン色紙です」

「来るのは熱烈な格闘技ファンということか?」

「そうとも限りません。イベントには、同じように倉田さんが声をかけた俳優やアイドルも遊びにきます。プロスポーツ選手もいます。もちろんいわゆるギャラ飲みというやつなんですが、彼らはあくまで、クラブに遊びに来たというテイをとっています。そこで、偶然出会ったということで、来場者が頼めば写真撮影やサインももらえます。来場者にとっては、それが目当てです。クラブに○○が来そうだ、と噂《うわさ》を流すのも俺らの仕事ってことです」

「芸能プロやプロチームからクレームはいらないのか?」

「プライベートなクラブ遊びで、当人が承諾してのことですから、クレームはありません。それに遊びに来るのは、みんな雷通の倉田さんと縁のある方ですから別にギャラなんかなくても普通来るんです。これが、俺ら不良が主催していたのなら、大事件ですが、芸能プロも黙認ですよ。ギャラも少額ですし」

「天下の雷通に勤めている男がそんなことをやっているとは……どんな奴《やつ》なんだその倉田って奴は」

「A大学時代、イベサーの『スーパーダイナマイト』にいた男ですよ」

「なんだと?」

そのイベントサークルの名は松重も記憶していた。

二十年近く前、集団レイプ事件で十人もの逮捕者をだしたサークルだ。様々な大学からなる連合サークルだが、主体はA大学だったはずだ。

「倉田さんの年代には、ヤバい奴が多いんですよ。学生時代から俺らの先輩たちとつるんでいました。いまと同じようにイベントを仕掛けては、女を酔わせて潰したり、下っ端の大学に無理やりチケットを背負わせて稼いでいたんです。面倒なことのケツ持ちは、俺らの爆風の前身である『横爆連合』に任せていた。まぁ、そういうわけで、五年ぐらい前に先輩から紹介されたわけですよ」

「堅気《かたぎ》に混じった悪党たちってことか」

「まったくその通りですね。ところでユタカさん、なんでうちらに目をつけたんですか？　那覇には地元《ロコ》の半グレ集団が三つばかりあるじゃないですか。俺らよりも、いい闇カジノを開いている連中も大勢いますよ」

　比嘉がもっともなことを聞いてきた。

「地元系じゃ、俺らが仕掛けたいことが漏れやすい。どこの町にいっても、ロコはロコでまとまる習性があるからな。だから組める相手は本土系と目をつけていた」

「よく俺らの存在わかりましたね」

比嘉も探りを入れてきた。

「この女に見覚えはないか？」

松重は、このタイミングでまたもやスマホを突き出した。画面に新川恵里菜の写真が浮かんでいる。

「あっ」

と比嘉の眼が泳いだ。

「知ってるんだな」

さらに頭を小突く。

「いや、知っているというほどでもないです。一度、東京からの客を運んできただけです。銀座のホステスでしょ。いっとき那覇《こっち》に住んでいたって言ってました」

「惚《とぼ》けてもすぐにわかるぜ」

敢《あ》えて押す。

「いやいやホントです。この女は、東日テレビのプロデューサーの連れでした。そのプロデューサーをハメるのがうちらの仕事でしたから、よく覚えているんです」

「それを命じたのも、雷通の倉田か？」

「もちろん、そうです。倉田さん、いまは媒体局で東日テレビの担当らしいんですが、そいつが言う通りにならないっていうんで、那覇でハメろって言うことになりました」

「東日テレビの社員の名前は？」

「須田《すだ》浩紀《ひろき》です。夕方のワイド番組のプロデューサーで、俺と同じ三十五ですよ」

比嘉が言うには、雷通の倉田は、さまざまなスポンサーのステマ《ステルスマーケティング》を須田に要求していたらしい。

ステマとは、例えば『隠れ名店コーナー』で訪れた店に、さりげなく商品を置かせたり、レポーターに身につけさせたりする宣伝方法だ。

宣伝と思わせないのがミソだ。

視聴者は、知らず知らずのうちに、その商品を記憶し、それが購買動機に繋がったりする。有名人がブログで『これいいよ』というのと同じだ。

だが、免許事業であるテレビ局は、これを警戒する。

プロデューサーをうまく那覇に連れてきたのが、銀座の恵里菜だった。

一度来店して、いきなり二百万ほど手にした須田は、調子づきひとりで何度も来るようになった。

店の女が色も仕掛けて、比嘉はハメ撮りに成功した。後は言うなりになったということだ。

いよいよひとつの手がかりを得た。

「比嘉、今回のことは絶対に倉谷には言うな。一か月のことだ」

「わかっていますよ。密告《チク》ったところで、俺が潰れるだけでしょうが」

「いや、場合によっては、その倉田にも逆リーチが掛けられるかもしれん。そのときはお前の天下だ。倉田を使って、天下を取ったらいいじゃねぇか」

松重は飴を渡すことも忘れなかった。

比嘉の目に野心の炎が浮かんだのは、確かだ。

3

洋子は国道58号線《ゴッパチ》を宜野湾《ぎのわん》に向かってひた走っていた。

車はザ・ビートル。色はイエローだ。コンパーチブルにしたかったが、それでは風の音がうるさすぎて会話が出来ないので、やむなくレギュラー車にしたのだ。

「まるでカリフォルニアね」

左右にパームツリーが並ぶ一帯に入り、テンションは一気にあがっていた。

「まぁ、ロコにとっては見飽きた景色ですけど」

サイドシートのメイサが、振り向きながら右手を伸ばした。

「ですよね。直線で眠くなりそうだし」

後部席のキャバ嬢の翼が、ポップコーンが山盛りのボウルを差し出している。

上空を爆音をあげて戦闘機が数機、海にむかって飛んでいった。

「私はあれを見ると座間《ざま》とか横須賀《よこすか》を思い出しますね。基地の町というのは、どこも同じね。みんなアメリカ」

翼の隣で通訳の茉菜が言った。

いや、この長閑《のどか》な空間の中で見る戦闘機は、本土の空で見るよりも、余計に禍々《まがまが》しくみえる。特に迷彩色が施された機は、和彫りのタットゥを背負った極道のような狂暴な表情をしている。洋子はそう感じた。

「そろそろよね」

城間《ぐすくま》の交差点を過ぎたところで聞いた。

「そろそろ右です」

メイサの指示に従い、右に入る。浦添《うらそえ》の外国人住宅街だ。

「マジ、アメリカだ」

　正確に言えば、古き良きアメリカの郊外住宅地。芝生に囲まれた白い家々がほぼ均等に区切られて並んでいる。

「そこ左に入ってください。ほら、見えるでしょう。あのブルーの扉のカフェ」

『SUPER MOON』と板の看板があった。

　イエローのザ・ビートルをその前に駐《と》める。

　ハウスとカーがマッチし過ぎて、なんだかサザンオールスターズとか松任谷由実のCDジャケットのような絵柄になってしまった。

　扉を開けると、バニラとカフェの入り混じった匂いが鼻孔を突いた。

「ブッチャー、相変わらずライオン・コーヒーが好きなのね」

　メイサがカウンターの中で難しい顔をしながら、ネルドリップにお湯を注いでいる巨体の男に声をかける。

「やぁメイサ。この顔で、バニラ・マカダミアを淹《い》れていたらおかしいってか?」

　大昔の悪役プロレスラーのような顔をした男が、はにかむような顔をした。七十歳ぐらいだろうか。カーテンが出来そうなほどの生地を使った特大アロハに柔道着の下のようなハーフパンツを穿《は》いていた。実にナチュラルな日本語だ。

「おかしくないわ。ブッチャー、凄く可愛《かわい》い。大砲を担いでいたなんて信じられない。で、キリマンジャロとコロンビアの味の区別はつくようになった？」

メイサがからかうように言っている。

ウクレレのＢＧＭが流れていた。

「いまだにわからない。ハワイコナとブルーマウンテン、それに廉価なところではモカのストレートの味は舌と喉が覚えたが、他はまったくだめだ。でも、ライオン・コーヒーは香りだけで、客の足を止めることは出来る。とくに女性には人気だ。メイサ、カジノなんかやめて、戻ってくれよ」

ブッチャーはその大きな体を縮めるようにして笑った。アフリカ系とネイティブアメリカンの血が混じっているそうだ。

「だめよ。とりあえず、女子はここでは使わない方針になったんだから」

「こちらが『ペンタゴン』時代からのマスター？」

洋子が横から口を挟んだ。

「そうです。元海兵隊の伍長《ごちょう》さん。ホノルルの出身だけど除隊になってもここに住んでいるの。比嘉が乗っ取った後も、昼は彼が任されているのよ。キャッチ要員としてね」

「キャッチ要員？」

洋子は、メイサとブッチャーの顔を交互に見た。

「なんだその驚いた顔は。失礼だな。俺がナンパするわけじゃない。基地内にいる、かっこいいソルジャーを紹介する役目だ。ここで見合いをさせてホテルも予約してやる。あんたもアルバム見るか？」

ブッチャーがタブレットを取り出した。いきなり、イケメンな男たちのスライドショーが始まった。白人、黒人、アジア系、さまざまな顔が流れていく。

「いやいや、ノーサンキュー。そうやって、客を釣りあげているのね。私はそっちには興味ないの」

洋子は苦笑した。

「おおっ、悪かった。こっちもあるよ」

ブッチャーはタブレットをタップし直した。今度は、女性兵士が流れ出す。中には日本人のような顔もあった。

「ブッチャー、そうじゃなくて」

とメイサが手で制した。洋子に向き直り、

「ビッグボス、ごめんなさいね。ブッチャーは比嘉に、マッチングをするように命令されているのよ。新規のカップルが誕生するごとに、ブッチャーにマージンが入る仕組み。もちろん、米兵を餌に、女を釣りあげて、私たちのように働かせるって考えもあってのことだけど。一方では米兵には恩を売っておくという寸法ね」

「一石二鳥のビジネスってわけね。いかにも準暴らしいやり方だわ」

洋子は額に手を当てた。

自らが暴力装置であることだけを売り物にする本職と異なり、準暴や半グレはマメだ。様々な方法で、より大きな利益を上げようと考える。マフィア的だ。

メイサがふたたび、ブッチャーに向き直る。

「あのね、比嘉に代わってこの人が新しいボスになったの」

と洋子を指さした。

「ええええええっ」

ブッチャーがのけぞった。

「ビッグボスとお呼び」

洋子は平然と言ってのけた。

「イエッサー」

ブッチャーが敬礼した。

「私の方が見せたい写真があるの」

スマホを取り出し、タップした。新川恵里菜の画像を提示し付け加えた。

「この女、ここによく出入りしていたそうね」

「オー、エレーナね。元河合物産のＯＬ」

「そう河合物産にいたって子よ」

大手商社から銀座に流れることはよくあるケースだ。

「彼女も嘉手納のイケメンを探しに来たのかしら？」

「イエッサー。結果はイケメンではなかったけれどね」

ブッチャーがカウンターに星条旗マークの入ったマグカップを四個並べ、コーヒーを注いでくれた。バニラ・マカダミアの香りは、ホノルルの朝を感じさせる。

「どんな相手だったのかしら？」

一口飲みながら聞いた。コクがある。久しぶりに、うまいコーヒーを振舞われた。

「エレーナが写真から選んだのは、おっさんだよ。アングロサクソンの太った五十歳。俺みたいにスキンヘッドじゃなくて、ハゲ」

ブッチャーは自分で言ってゲラゲラ笑った。こういうタイプ、よくいる。

「写真残っていない？」

「あるよ。ただし、いまは、海上勤務だ。南シナ海をうろうろする任務に就いている。秋まで帰らないだろうな」

ブッチャーが再びタブレットを取り出し、画像を指で進めた。

「こいつだよ。ジョー・アレックス。な、ハゲだろう」

ブッチャーがまた大声を出して笑う。

現在五十二歳のジョーは確かに禿頭《とくとう》であったが、顔そのものは端整である。眼光も鋭い。かつらを被ったら、トム・クルーズだ。

「ちょっと見ていい」

洋子は覗き込み、写真の横にある簡単なプロフィールを読む。ひらがなの多いアバウトな日本語だった。

要約すると、所属は海軍《ネイビー》の通信部。海兵隊《マリーン》ではなく、エリート集団の海軍だ。階級は中尉。立派な将校である。フロリダの出身だ。

「どんな任務に就いているの？」

横から茉菜が英語で口を出してきた。なかなか発音がいい。

「俺はよく知らん。暗号解析とか傍受じゃねぇか。年齢からいって中尉のままっていうのが、ちょっとな。そっち系じゃねぇかと思う」

ブッチャーも英語で話した。洋子は、よく聞きとれないふうを装ったが、そっち系とはおそらく諜報系のことだろう。

「007?」

茉菜があけすけに聞く。

「そんなかっこいいもんじゃねぇだろう。ここでナンパして、へらへらしていたやつだぜ」

ブッチャーが日本語で返す。

「ですよね」

と、茉菜は壁に書かれたメニューに視線を移す。スパムサンドやロコモコ。それにレインボーシャーベットなどホノルル風のメニューが多い。

話はそこで切れた。

翼がタブレットでほかのページをめくり始めた。アジア系の顔をした男たちを物色している様子だ。

「少し、お腹《なか》がすいたかも。ブッチャー、スパムじゃないサンドイッチは出来る? 野菜系とか」

洋子は壁際のテーブル席に歩きながら頼んだ。

「BLTサンドならすぐに」

「二人分を四人でシェアするわ」

「ＯＫ、ビッグボス。ビールはどうする？」

「うーん、飲みたいところだけど……」

洋子は三人に視線を向けた。

「帰りの運転は、私がします」

翼が手をあげてくれた。

「だったら、私にはバドを。メイサと茉菜は？」

「うちらもバドを」

メイサが代表して答えた。

しばらく四人で、米兵の写真を眺めては寸評しあった。メイサの話では、ここでの出会いがちゃんとした恋愛に発展して、結婚したカップルも多くいるらしい。最近では女性兵士も、ジャパニーズや観光で来るチャイニーズの男たちを物色しているのだそうだ。それは茉菜が教えてくれた。

翼はコーラを飲みながら、ひたすらアジア系を追っていた。

太い腕でサンドイッチを調理するブッチャーに、洋子は声をかけた。

「ねぇ、エレーナはもう来ていないのよね」

「あぁ、ここにはね」

ブッチャーがちょうど包丁でサンドを切り分けているところだった。

「那覇には来ているってこと？」

洋子は、声が裏返りそうになるのを必死で堪《こら》えた。

「ここにくる何人かが、二月末ぐらいから基地内のクラブで見たって言っていた。詳しいことは知らないが」

胸がどんどんざわついた。

「ブッチャーおじさん。このリカルド・ナガシマって、会えますか？」

唐突に翼が言った。タブレットの中の浅黒い肌をした彫りの深い顔立ちの男を指さしている。制服はなくアロハで写っていた。沖縄のビーチにいる典型的なロコボーイの感じだ。わざわざここでセットしてもらわなくてもよさそうな相手だ。

「あぁ、リッキーな。そいつは兵士じゃないぞ。リクリエーション課のブッキング担当さ。バンドとかショーガールの手配。民間人だぜ」

「うーん。でも私のタイプなんだな……」

翼が顔を赤らめた。

「チンポは小さいぞ」

ブッチャーが小指を立てながら言う。ブッチャーの小指は充分、太く長かった。

「それぐらいがいい」

翼はさらに顔を赤くした。洋子はその頭を小突きたくなったが、ふと思いとどまった。

――そうか。ここで米兵と出会うという手がある。

しかし、それは、ヤルことも意味する。この期に及んで洋子は、ある覚悟をした。タブレットを引き寄せ、猛烈に相手を探す。これなら、という相手を見つけたところで、スマホが鳴った。

松重からだった。すぐに出た。

「ボス。比嘉の上にいるのは、雷通の倉田良英って男で、イベサーの『スーパーダイナマイト』の幹部だった男です」

松重の冷静沈着な声が聞こえてきた。

洋子はスマホを耳に当てたまま立ち上がり、店の外に出た。

「二十何年か前に集団レイプ事件を起こした連中ね」

「ええ、倉田は特に疑われることもなく、普通に卒業して雷通に入社していますが、似たようなことはやっていたと思いますよ。同期や前後の世代が、相当数マスコミや商社に進んでいるようです」

「ひょっとして、今でも組んでいるとか?」

「はっきりはわかりません。けれどいまも繋がりはあるでしょう。お互いが弱みを握りあっているという関係であれば……相互に監視しあうことも必要になります」

「違った意味で半グレの絆《きずな》に似ているわね」

洋子は空を見上げた。半グレの一つの特徴は、幼馴染《おさななじみ》であることが多い。様々な理由で学校という社会からはみ出してしまった者たちが、互いによりどころを求めて徒党を組んだケースがほとんどだ。だから半グレ集団の多くに地域の名前が冠されているわけだ。

十代前半で、暴力と悪事でしか生きてこられなかった、はみ出し者たちの絆だ。

「結果は半グレの絆に似ていますが、有名大学で悪徳イベサーをやっていた連中は、よりたちが悪いですよ」

「本当ね。裕福な家庭に育ち、十分な教育を受けさせてもらいながら、その知識と立場を悪用していた連中だわ。社会に出てから心を入れ替えたならまだわかるけれど、自分たちは安全圏にいて、準暴に闇カジノや売春組織を運営させるって、ちょっと許せないわね」

「比嘉は、入り口だけを任されているというのは本当でしょう。雷通の倉田のほかにどんな連中が、ここで罠《わな》をはっているのか、見定めたいところです。闇は深そうですよ」

松重ならうまく比嘉を手なずけられるだろう。

「松《ま》っさんと上原さんで、うまく比嘉一味をコントロールして、どんな客が送り込まれてくるか、見定めてください」

「で、新川恵里菜の行方は摑めましたか？」

「ちょっと見えてきたわ。少し、深追いしてみる」

「わかりました。相川をサポート要員として待機させておきます。危険を感じたときは狼煙《のろし》をお願いします」

狼煙とはスマホをワンタップするだけで、ほかのメンバーのスマホ画像にタックネームとともにもくもくと煙があがる仕組みだ。洋子のタックネームは『マスター』だ。

「了解。それぞれ任務についてください」

洋子は、すぐにカフェには戻らず、深呼吸した。芝居は肩が凝る。

それにしても……。

準暴をフロントに使い、売春や闇カジノを組織しているのは、大手広告代理店勤務のエリートサラリーマンだったとは軽い驚きだ。マスコミや商社にも悪の仲間がいるということだ。

ほんの少し見えてきた。

その仲間たちは、霞《かすみ》が関《せき》や永田町にもいる可能性がある。

「そうだとすれば……どこから敵の手が伸びてくるのやら」

洋子は独りごちた。

見上げる空に、F‐15戦闘機が編隊を組んで飛んでいた。米軍機だ。日本の防衛は彼らに委《ゆだ》ねられている。それはわかるが、いざというときに、あいつらは、本当に助けてくれるのだろうか。

一機ずつ宙返りをして見せる姿が、妙にとぼけた感じで大丈夫か？　とも思った。

踵《きびす》を返し、バドワイザーとBLTの香りのするテーブルに戻った。

カフェの中の三人の女たちは、にぎやかにしゃべり続けていた。

第三章　ミッドナイト・ブルー

1

「本日の参院での答弁書をお持ちしました」

首相補佐官の西村忠孝《にしむらただたか》が、早々にやってきた。総理公邸、午前七時。

第百一代内閣総理大臣、中林美香は朝食をとっているところだった。

広々としたダイニングテーブルにたったひとりで、アメリカンブレックファーストを楽しんでいた。

独身女性が住むには、広すぎる公邸だが、住んでも住まなくとも、維持管理費がかかるのだから、住むべきだと判断した。

正解だった。

毎日午前五時には起床し、公邸の敷地内を散歩する。

さすがに敷地内なのでSPが付き添うこともない。門のあたりから遠巻きに三人のSPが見守っているだけだ。

SPは前任者の真木洋子のアドバイスで、全員女性になっている。

今朝は緑の芝生の上に裸足《はだし》で上がり、スクワットを五十回ほどした。これをした後に食べる朝食は格別である。

スクワットは、騎乗位でセックスしているのと似ておりますね、とあんぽんたんなことを教えてくれたのは、警備九課の課長、明田真子《あけたまこ》だ。

通称アケマン。美香を護《まも》る総理チームの責任者だが、やたらエロイ。

特別任務につけた前SP、真木洋子に代わって、現在は彼女が、要所要所に直接ついてくれている。アケマンは頼もしいばかりではなく、密室や車内ではエロトークやエロラインに花を咲かせてくれるので、美香のストレス発散にも役立っている。

「立共党の切田蓮子《きりたれんこ》さんが、予定外の質問をしてくるかもしれないわね」

黄身で汚れた唇をナプキンで拭きながら、一番ナーバスになっている点を口にした。

「手ぐすね引いているでしょうからね」

今年で六十五歳になる西村は、三メートルも向こう側の端に座り、コーヒーカップを手に取りながら答えた。今朝も銀髪をきれいに撫《な》でつけている。

前総理、今泉正和の知恵袋と呼ばれた人物だ。

今泉と同じ外務省ＯＢだが退官後は外交評論家となっていた。今泉時代は、あくまでも総理の私的なアドバイザーであったが、美香は就任とともに、補佐官になってほしいと頼み込んだ。

外交に関しては官僚のオリエンテーションの裏を取る必要がある。舐《な》められないためにも、外務省にも睨《にら》みの利く人物を登用したかった。

外交だけではなく経済にも明るかった。

西村は弁《わきま》えのある人物で、こちらが問わない限り決して余計なことを言わない。

ただし問われると実に雄弁に答える。

「突いてくるとしたら、沖縄の基地移転問題でしょう。民自党にとっては、もっとも厄介な質疑です。県民感情と安全保障は同じ線上では考えられません。どう答えても、揚げ足は取られるでしょう」

言い終えてコーヒーを一口飲んだ。ブルーマウンテンのストレートだ。満足そうに目を細めている。

西村は、いくら勧めても朝食を共に食すということはしない。それが秘書としての弁えなのだという。

「そういう場合の、うまく切り抜ける答弁方法をアドバイス願えませんか？　ただし、あいまいな印象は与えずにです」

刻一刻と参議院選が迫っていた。三年に一度必ずやってくる参院選は、政権の中間テストだといわれている。

総理になりたての美香としては、なんとしてもここは現状の圧倒的多数を維持したいところだ。

「『あなたならどうする？』を使う手があります」

「はい？」

レタスサラダにフォークを伸ばしながら聞いた。

「県民の気持ちと安全保障の問題で、本当に悩んでいると答えるのです。フィリピンは基地を縮小したとたんにスービック湾を中国艦隊がうろうろするようになったわけです。かといって米軍基地は沖縄に偏りすぎているし、米兵を国内法で処分できないなど問題も多い。歴代総理の頭痛の種ですね。中林総理は、その悩みをはっきり口に出して言うというのも手ですよ。野党もまったく解決策を持っていないんです。切田先生は、ヒステリックに叫んでセンセーションを起こしたいだけ。ですから『一緒に考えない？』と持ちかけてやれば、しばらくはそこを問題化しなくなると思います」

西村は淡々と持論を展開した。

「一理あるわね」

洋子も顎を引く。

実は昨夜、真木洋子から、ある提案があった。真木は、今泉正和前総理の死亡の真相を追って、いま那覇にいる。自分が『真木機関』を発足させたのだ。このことを知っているのはごく限られた人物だけだ。

官房長官と内閣府の幹部、警視庁では総監、副総監、それに真木の直近の所属であった警備課のアケマンと、この西村だけだ。

「切田蓮子先生が、つっかけてきたら、そう言い返すのがよろしいでしょう。切田先生が吠《ほ》えれば吠えるほど、国民には切田先生のほうが嫉妬にかられていると映るはずです。いまはそういう状況です。もはや以前ほど怖い存在ではありません。放置することです」

明快な分析である。

「ほかの質問で、ややこしいのはありましたか?」

美香は聞いた。

国会での質問は、質問者が事前に、内容を提出する決まりになっている。そうでなければ、森羅万象すべてに答弁することなどできないからだ。前夜までに集まった質問は、各省庁の専門家の手によって答弁書が作られる。

その答弁書のほとんどが、玉虫色の内容でしかないのは、やむをえない。簡単にシロクロつくようなことばかりであれば、政治家も官僚もいらないのだ。

「事前提出では、特にありません。ないのも問題です」

西村は眉間をしごきながら言う。

「どういうこと?」

「『威勢の会』や『中道クラブ』などは、いずれも我が党の政策を支持する立場の質問です。『中道クラブ』の香川盛厚《かがわもりあつ》先生などは、さらに発展的な案も盛り込んでいます。公共サービスへの民間企業参入の促進を提唱し始めました。これは参議院選挙への巧妙な戦略だと思います」

貴重なアドバイスだ。もう少し聞きたい。

「西村さん、ビスケットはどうですか? 私、通販でフォートナム&メイソンのマカダミアナッツを買ってありますが」

英国製ビスケットで釣った。

「いただきます。ついでにコーヒーではなく濃い目の紅茶にしてもらえますか」

西村が目を細めた。美香は自ら立ち上がり、壁掛けの室内電話で厨房《ちゅうぼう》にオーダーした。

「敵は、もはや左派ではないということですね」

席に戻り、美香は少しだけ声を張り上げた。互いの位置が離れすぎているのだ。

「そういうことです。先の衆院選で辛くも民自党が勝利したのは、あくまでも立共党と赤翔党のオウンゴールのようなものです。特に立共党は、国民の志向がリベラルに回帰したと思い込んだ」

「実は私もそう思ったんですけど」

洋子が答えたときに、配膳係がビスケットと紅茶を運んできた。ここでの暮らしは、ある意味貴族で、英国ドラマの『ダウントン・アビー』みたいな感じだった。戦前からあった旧官邸を改造した現在の公邸は、それ自体が貴族の館風でもあった。

「大いなる勘違いですな」

西村がきっぱりと言い、イングリッシュ・ブレックファーストをひと口啜《すす》った。

「国民は保守の続投を選択したということですね」

美香はマカダミアナッツビスケットを先に齧《かじ》った。

「そういうことです。リベラルには預けられないという意識のほうが強い。ただし、民自党にばかり政権を担わせていることにも首を傾《かし》げています。だからより右傾化している『威勢の会』かこれまで半端な会派といわれてきた『中道クラブ』に票が集まったわけですよ。ですからこれが逆に怖い。彼らにはまだ伸びしろがあります。威勢の会には民自党の票が流れ中道クラブには立共党の票が流れるでしょう」

西村は、またまたきっぱりと言った。

「政権選択選挙ではない参院選は、より危ないわね」

美香は身構えるポーズをとった。

「政権交代可能な二大政党制とは、保守から保守へ、せいぜいが保守から中道へというのが現在の国民の意識です。リベラルや共産主義には、どうしても中国や北朝鮮の影が浮かぶというのが、事実でしょう。立共党も赤翔党もいくら自分たちは違う、日本的なリベラルだといっても、全体主義者のイメージは払拭できていませんん」

西村も、ビスケットを齧った。スコーンのように紅茶に少し浸して齧っている。

美味《おい》しそうだ。

「私も、あまりリベラルに寄らないほうがいいと？」

「そうとも言えません。コロナはまだ完全に終息したわけではないですし、この二年間で日本経済は疲弊しています。自由競争はいったん止《や》めて、各産業の保護を図るという総理の基本方針は堅持すべきです。反発をしている新自由主義者たちも多くいますが、そこはいましばらくご辛抱を」

西村は、珍しく政策の中身にまで踏み込んできた。

「今泉さんの後を受けた以上、それは護るつもりです」

「恨まれても彼は、格差を是正しないと日本は貧富で分断されてしまうと考えていました。かつての日本のように『一億総中流』の社会を目指そうというのが今泉さんの目的でした。だから私も応援していましたが、いわゆるやった者《もん》勝ちを標榜《ひょうぼう》する連中からは、快く思われていなかった。中林総理も、恨まれますよ」

西村が目に力を込めた。

「そのつもりです。注意すべき発言はありますか？」

政治家は、たったひとつの失言が命取りになる職業だ。かといって、寡黙を通せば無能のそしりを受ける。

「株価に影響する発言は避けた方がいいでしょう。たとえ官僚から、法人税の引き上げや、富裕層からの増税の話が上がってきても、当面は頷《うなず》くだけにしてください。それに関して考慮する必要があると言っただけで、株価は下がるでしょう。敵を作るだけです。重要な政策ほど、総理の腹の中だけで、進めねばなりません。今泉さんは、党内や財界とコンセンサスを取ろうとしたあまり、少し喋《しゃべ》り過ぎるきらいがあった」

そこで、西村が天井を睨んだ。どういうことか、その眼にはうっすらと涙が浮かんでいた。どういうことだ？　ポーカーフェイスを身上とする西村が、これほど感情を露《あら》わにすることなどありえない。

「西村さん、今泉さんの死になにか心当たりがあるのでは？」

美香は声を尖《とが》らせた。

「総理、それこそ失言ですぞ。思ったことをそのまま口するのは、政治家として落第です。『真木機関』の捜査を待ちましょう。私が総理の側近になることを承諾したのは、もちろん今泉前総理の死の真相を知れるのではという期待があったからです。ただし、私は、根拠のない推論を述べるつもりはありません。それこそ補佐官として失格となります」

西村の顔から、ナーバスな色が忽然《こつぜん》と消えた。シャランとした顔で、ビスケットを齧っている。

芝居だ。

西村は暗に私の命令を誘っているのだ。

「西村さん、CIAと米国の軍産複合体の動き、内閣情報調査室《サイロ》や公安部《ハム》とは別の角度で、調べてもらえませんか？　外務省の北米課出身の西村さんの独自ルートで……いま彼らは、何をねらっているのか知りたいの」

この十年、日本は規制緩和の連発でグローバル化を推し進めてきた。

その結果として株価は回復し、企業の体質も強化された。

しかし同時に弱肉強食の欧米的な考えが浸透し、一億総中流だった社会は大きく変容、大きな所得の格差をもたらした。

今泉前総理は、そこを修正しようとし、自分もその政策を継承している。

「わかりました。秘密裡《り》にやってみましょう」

パワーブレックファーストは終わった。西村は、SPやマスコミに気づかれないように地下の特別通路から官邸へと戻っていった。わが国最大の国家機密である通路である。

一時間後、徒歩で官邸に向かう。同じ敷地内にあるとはいえ、公邸と官邸は徒歩で十五分ほど。公用車を使ってもいいのだが、美香は雨の日以外は歩くことにしていた。

総理大臣は、外遊を除けばその任務の大半を官邸か国会議事堂で過ごす。その行動は常にマスコミに見張られているようなものだ。

だいたい、こちらから会いに行くことは少なく、打ち合わせの相手がやってくるのが総理大臣という立場だった。

適度な運動は公邸でも行えるが、すがすがしい日差しを浴びて歩けるこの時間は、気持ちを整えるのに大いに役立った。

今朝は珍しく女性ＳＰの元締めである明田真子が公邸正門前で待っていた。並んで歩く。

「朝からスケベな話はなしにしてね」

美香のバストにねっとりとした視線を絡みつかせるアケマンをまず制した。

「いいえ。『真木機関』が、ようやく那覇の売春組織の乗っ取りに成功しました」

アケマンの視線がパンツスーツの股間に移される。

「それはセクシーなお話ね」

「でしょ。歩きながら状況報告をいたします」

ほかのSPたちを遠ざけ、ふたりだけで歩いた。アケマンのヒップを軽く触ってみた。アケマンも撫でてくる。

我々流の握手だった。

断じてLの関係ではないのだが、信頼関係を深めるには、秘密を共有しあうのがベストだ。

真木洋子の教えだった。

『オナニーを見せ合う仲は、セックスした者同士より絆《きずな》は深いと思います』

けだし名言だと思う。

深刻な報告を終えたら、公用車か執務室で、ちょっと『見せっこしよう』と言い出すに違いない。

望むところだ。洋子は、ぎゅっ、と太腿《ふともも》を寄せ合わせながら、歩を進めた。

2

「もっとぎゅっと、おっぱい寄せてくれないかなぁ。ほら、腕で挟んでぎゅっと」

カメラマンの横でモニターを見ていたディレクターの井沢淳子《いざわじゅんこ》が、自分でやってみせながら言っていた。三十八歳だというが、彼女自身もナイスバディだ。短い髪が潮風に煽《あお》られて額が剝《む》き出しになっている。顔も美形だ。

十六インチのモニターには、バストだけがアップになっていた。

「え〜、この水着、ブラが小さすぎて、乳首ポロリしちゃいそうなんですが」

巨乳のモデルが目を丸くしている。望月花枝《もちづきはなえ》、二十二歳だ。

松重はよく知らないが、そこそこテレビにも出ているモデルらしい。清純派に見える。

「ポロリしたカットは使わないわよ。というか、紅《あか》いところは映さない。谷間の深さを撮っているところだから」

「いや、でも周りの人には見えちゃいますよね。いや、普通の人もたくさん見ているし」

波打ち際に立つ花枝が、遠巻きに眺めている人々に眼差《まなざ》しを向けた。

ここは那覇の西海岸エリア。波の上ビーチと呼ばれる界隈《かいわい》だ。

「いや、あの位置からなら見られても、どうってことないでしょうよ。あなた、トップは小粒だし。見えない、見えない」

ディレクターの井沢淳子が、こともなげに返している。AVを撮影しているわけではない。このロケはキー局のバラエティ番組のいわゆる挿入カット用だ。

東京の制作会社『関東新社』が元請けで、現地では『ムーン・ロケーション』が仕切っている。井沢淳子は関東新社の演出部のディレクターである。

「あれはセクハラ、パワハラにはならんのか。本人は拒否しづらいだろうが、こんな時にマネージャーが割って入るもんじゃねぇのか」

松重は、バーベキューの串を持ち上げながら、コンロの前に立つ比嘉に問うた。肉はポークだ。潮風の中で齧る豚肉はうまい。

「事前に話は通っているに決まっているじゃないですか。望月花枝って、いま以上には大きくなれないですよ。トークスキルがあるわけでもなく、演技がうまいわけでもない。単純に美形ってだけですよ。喋らなくても画面映えがするように、清純派のイメージを植え付けたんです。芸人事務所に金をバラまいて、共演する芸人たちに『清純やわぁ』とか『なんも喋らんでもええな。花枝は文字通り女神や』と持ち上げさせてイメージを作ったんです。その甲斐《かい》あって、正統派を好む保守的な企業、例えば銀行、証券会社、製薬会社などのCMがたくさん入ったそうです」

比嘉が教えてくれた。松重と比嘉は、ディレクターの背後でバーベキューとアルコールで寛《くつろ》いでいた。

「なら、充分回収したってことじゃないか」

松重は、オリオンビールを呷《あお》った。一気に空ける。プラスティックカップなので、重みがなくなると風に舞って、どこかに飛んで行ってしまった。ムーンのスタッフがあわてて駆け出し、砂浜の上でどうにか拾い上げた。

ロケでビーチを汚すと次から許可が下りにくくなるらしい。

松重はすまん、と頭を下げた。アロハとハーフパンツ姿だったが、どうもこういう格好は落ち着かない。気持ちもだらけてしまうのだ。

「最後のバーゲンセールに入るんですよ」

比嘉が、にやりと笑い、新たな串を網に置いた。やけに軍手が似合う男だ。

「バーゲン？　売り切りということか」

「そういうことです。顔とスタイルの良さ、幼い感じの清純イメージで売るのは、二年が限度です。二十二を超えてなお清純風というのは、逆に幼稚さが目につくようになる。いや、マネージャーやあのディレクターから聞いた話ですけどね。それで、一気に色気路線に切り替えるという戦略です。はっきり言って脱ぎですね。本格的な女優にはとても転向できる器じゃないんで、しょうがないでしょう」

豚肉と玉ねぎを刺した串から香ばしい匂いが上がってくる。比嘉はストロングゼロのダブルレモンを飲んでいた。すでに目がトロンとしていた。

「本人は、理解していないようだが」

「このロケが転換期になります。だからうちに降りてきた」

比嘉が、かったるそうに首を回しながら言う。

視線をディレクターチェアに座る淳子に移した。真横にいるカメラマンに小声で伝えているところだった。

「恥ずかしそうな顔を撮ってね。そこが一番の売りなんだから。バストや股間は適当でいいわ。テレビではあんまり使えないから」

「はい。すみません、どうしてもそっちのアップを撮る習慣がついていて」

「それは、明日以降にたっぷりやって」

カメラマンも小声で答えた。

「いまの会話はどういう意味だ？」

松重も小声になった。

「だから、今夜がうちの出番なんです。あのカメラマンはそもそもＡＶが専門です。

テレビの仕事なんてしたことないやつですよ」

比嘉がカードを撒《ま》く手つきをした。闇カジノでハメるということらしい。

「女ディレクターも雷通の手先かよ」

「当然です。倉田さんとは大学時代からの付き合いのようですよ」

「女を集める役か」

「もちろんです。こっちらしいですがね」

比嘉が、指でLのサインを作った。

「ということは……」

「はい、花枝を辱めて興奮しているんですよ。あそこはびちょびちょじゃねえっすか」

「比嘉君。変なこと言わないで！」

淳子が突然振り向いた。吊《つ》りあがった目に淫情の色が浮かび、息が荒くなっていた。

「井沢さーん。これでいいですか？」

花枝が思い切り腕でバストを寄せていた。シルキーホワイトのブラカップが胸の谷間でたわみ、右側の乳暈《にゅううん》がちらりと見えた。

「ハミ乳暈。そこは撮って。番組じゃ使えないけど、私のオカズにする」

淳子の声にカメラマンが、一気にバストにズーム・インした。

肉眼ではよく見えないが、モニターを通すとピンク色で、若干粒が浮かんでいるのまではっきりわかった。

「あの子ね、ビーチクは小さいけれど縁は大きいのよ。舐めまわしたくなるわね」

淳子の声が上擦りだした。

「花枝、OKよOK。その感じ。そのまま後ろを向いて、ヒップを突き出して！」

花枝は尻も大きかった。白いビキニパンツが尻の割れ目に、ぴっちり食い込んでいた。

「もっともっと背中を倒して、お尻だけポーンと。そうそう、その恥ずかしそうな顔があなたのウリなのよ。いいわぁ」

指示を出しながら、淳子の右手の指先が股間にあてがわれる。松重はそっちのほうに反応してしまった。

人形のように操られているだけの花枝よりも、発情している淳子のほうがムラムラさせてくれるのだ。

股間の逸物《いちもつ》がグリグリと硬直し、同時に捜査方針も固まった。自分の脳と男根はリンクしているようだ。

3

夜になった。

仕掛けはルーレットで行われることになっている。

国際通り裏の『ソーコ22』。

上原亜矢はバニーガールのコスプレでルートレットテーブルに立った。こっぱずかしいほど股間が切れあがった真っ赤なバニー衣装だった。

にわか仕立てのディーラーではあるが、玉をコントロールする必要はないので、回転するホイールに、いかにもそれらしいしぐさで、放り込むだけのことだった。

玉は、オフィスのパソコンで自在にコントロールできる仕組みになっている。数字の裏にはマグネットがついていて、ホイールの回転力も実は裏でコントロールしている。

亜矢は、教えてもらった一定の力でホイールを回転させるだけでいい。

夕方のリハーサルで亜矢が、十七と叫ぶと，金の玉はホイールの上をさまよいながらも、最後はきちんと十七に落ちるのだ。不自然さは微塵《みじん》もない。

二十三とか八とか、思いつくままの数字を叫んでみたが、その通りに入った。とんでもないイカサマだと思いつつも、あまりの技術力に感嘆した。

ルーレットテーブルの真上の天井にレンズがついており、客が張った数字は、オフィスのモニターで丸わかりになる。

外すも入れるも、オフィスのエンジニアの自由自在なわけだ。ちなみに酒棚には、あらたな酒が並び、オフィスの壁は修復されていた。

女たちを監禁していた部屋には、きちんと扉をつけた。比嘉がベッドルームとして使用しているが、いわゆるヤリ部屋だ。

「ええ、マジですか。ホントに七番に入ったんですか?」

望月花枝が巨乳を揺すって、ホイールの中を覗《のぞ》き込んでいる。ホテルでたっぷりバスに浸《つ》かったようで、ベージュとダークブラウンを基調としたサンタフェ柄のワンピースからは、清潔な匂いが漂っていた。

「凄《すご》いですね。ここにきて、三連続ウインですね」

グリーンマットの七番にウインマーカーを置きながら亜矢は、愛想笑いを浮かべた。二枚張りだったので、七十二枚のチップを積み上げて、花枝のほうへ押した。

「こ、これ、一枚、いくらでしたっけ？」

花枝が頬を紅潮させている。

「口に出すな！　これだ」

隣に座っていたマネージャーの菅井正雄《すがいまさお》が、窘《たしな》めながらも指を一本立てた。闇カジノとはいえ、現金につながるダイレクトな会話はご法度だ。

「単価はここよ」

逆隣りに座っていた井沢淳子が、鼻息を荒くして、花枝の股間に手を突っ込んだ。ワンピースの上からとはいえ、指先は完全に椅子と股底の間に入っているではないか。触っているのは土手ではない。女の粘処だ。

単価はマン。一枚一万円という意味だ。いま花枝の目の前には百四十枚以上のチップが積まれていた。

「あっ……」

花枝はチップの山を見ながら、どういうわけか股を大きく広げた。放心しているようだ。淳子がここぞとばかりに、マン処《しょ》を弄《いじ》り回している。

最初の十分間は仕掛けなしで、普通に賭けさせた。

ルーレットで一発的中できる確率はアメリカンルーレットで三十八分の一、ヨーロピアンルーレットで三十七分の一で、そうそう当たるわけではない。

マットには一から三十六までとゼロ、ゼロゼロの三十八の数字が描かれている。この一つに的中すれば三十六倍となるわけだ。ちなみに全部に張っても、二枚は損する仕組みだ。二枚は胴元の手数料という理屈だ。

案の定、最初、花枝はほとんど勝てなかった。隣のマネージャー菅井が、細かな張り方を見せる。赤と黒、奇数と偶数、上中下段のいずれかに張り、張った枚数と同じチップを獲得するというちまちまとした賭け方だ。あるいは十六と十七の間に張り、十八枚ゲットを狙う。実際ルーレットを囲む客たちの多くは、こんなふうな賭け方をして、数字の流れを読み、勝機が来るのを待つ。

イカサマがない場合、ルーレットほど運任せな博打《ばくち》はないといえる。

少しコツを覚えた花枝に、徐々に勝たせるようにマグネットが動き始めた。おとりの菅井や淳子は、負けを承知で逆張りをする。

今夜は有頂天にさせる日だ。

マネージャーが『明日も、撮影がありますから』という一言を合図に、すかさず淳子が『じゃぁ、あと五回だけにしようか。どうせなら一点張りだよね』と誘い込む。

この時点での花枝の手持ちチップは七枚だった。

そこから奇跡を起こしてやったわけだ。三連続で一発的中に入る。最初の二回は一枚張り、三回目は十七に二枚張りで一気に七十二枚を引き寄せた。合計百四十四枚。花枝は夢見る気持ちで、次の二回で四枚のチップを失っても、酔いが回ったような顔をしていた。

「まぁ、ここらへんが潮時だろう。明日また来たらいい。チップは明日まで保管だ」

マネージャーが立ち上がる。

「そうね。私が送るわ。菅井君は比嘉君と明日の打ち合わせがあるんでしょう」

淳子も席を立った。

花枝は明らかに後ろ髪をひかれていた。

これが手だ。

「ディレクターさんに送ってもらうなんて、自分が社長から怒られちゃいますよ。しかも井沢さんには次のドラマの話もまとめてもらうことになっている」

菅井がすまなそうに、頭を掻く。芝居だ。淳子に花枝を食わせるつもりなのだ。ドラマの話を匂わせたら、花枝は断りづらくなる。クリトリスを舐められ、指を挿れさせるぐらいは仕方ないと諦めるだろう。

淳子は下調べ要員でもある。

花枝の敏感な部分を事前に知っていれば、明日の本番も充分に感じさせることができる。ＡＶ男優も事前情報が入っていたほうが力を発揮しやすい。

そうした段取りが、すべて出来上がっているのだ。すでにこちらに寝返っている比嘉が手口を白状していた。

――そうはならない。

亜矢は、菅井に熱い視線を浴びせ、ルーレットテーブルの角に股間を押し付けた。口パクで『や・り・た・い』と告げる。

菅井は頷いた。

酒棚の前では、松重が救出した女の一人、モデルの玉木美和の胸を揉《も》んでいた。広く開いたスリップワンピの襟元から手を差し込み、生乳を揉んでいるのだ。やくとくなおっさんだ。

もちろん、美和にはギャラを払い、芝居と割り切ってもらっている。

比嘉がＢＧＭのスイッチを入れた。デイブ・ブルーベックの『テイク・ファイブ』。地下室には古いジャズがよく似合う。

「こら、あんたら、子供がいるのに、イチャイチャし始めないで」

淳子が花枝の肩を抱き、扉に向かった。

「いえ、私、そんなに子供じゃないですよ。平気ですから」

まだルーレットをやりたそうだったが、淳子に強く押されカジノを出て行った。

松重がすぐに美和のバストから手を抜き、裏口に回った。

4

「金玉の皺《しわ》一本一本からお尻の穴まで、べろべろ舐めますよ」

亜矢は、コンクリートの床に跪《ひざまず》き、菅井正雄のブリーフを下ろしていた。三十歳を少し超えたぐらいだろうか。精悍《せいかん》な顔が見下ろしていた。

「いい根性をしているな。うちの系列のAVプロならいつでも世話するぞ」

男根がビュンと降ってくる。

精力剤をたっぷり混ぜたオリオンビールを何杯も飲ませたせいか、男根はこれ以上ないほど膨れ上がり、まるで鯰《なまず》のような形相をしていた。

「悪くない話ね。でも、まずは花枝ちゃんを落とすんでしょう」

亜矢は、舌を伸ばし、右側の皴玉をチロチロと舐めた。

「んんんっ。あぁ、マネージャーとしてはちょっと切ない思いもあるが、上の方針だからしょうがない。あいつ、もう若いファンはついてこないが、おっさんには強いからな。そっちで活躍してもらうことになる。そしたら芸能界への復帰もあるしな」

皴玉がきゅんと縮まった。感じている証拠だ。

「でもAVに出たら、いずれ無修正もネットに飛び交うでしょうよ。あなたたちも、すべては止めきれないでしょう」

どれだけの権力者でも、いったん流出したスキャンダル画像を完全に削除することは不可能だ。

「誰が花枝をAVにと言った。あいつはハニートラップ要員として、政界に送られるんだぜ。そのための飼育が必要ってことだ。比嘉さんに任せるのさ」

意外なことを口にした。

松重経由で送られていた比嘉の想定とは違っている。

単純にAVに落とされるわけではないようだ。これは、さらに聞き出さねばならない。

左右をべろべろ舐めた。

玉を舐めるたびに、竿《さお》をブルンブルン震わせながら、菅井はべらべらとしゃべった。亜矢を比嘉の調達した娼婦《しょうふ》だと思い込んでいる。比嘉のこともまだ疑っていない証拠だ。

その比嘉は、いまオフィスでこの模様をモニターで見ているはずだ。驚いているに違いない。

下っ端ほど、聞きかじった情報を得意になってしゃべりたがる。それが付け目だ。

「菅井さーん。美和のおまんちょも見てくださいよ。私はAVは無理だけど、セクシーバラエティでは行けると思うの。ねぇ、菅井さんだけには、奥まで見せるからぁ。ほら、おまんちょ、くぱぁ～」

ルーレットテーブルの上、玉木美和がストリッパーのように天井に向けてあげた両脚を、孔雀《くじゃく》が羽を広げるように大きく開いた。

見せるだけなら、いくらでも協力するというのが美和のモデルとしての矜持《きょうじ》のようだった。

パイパンの中心の秘裂が濡《ぬ》れそぼっている。美和自身が、秘部を露出することで、発情しているのだろう。そのあたりから甘酸っぱい性臭が立ち上っている。

「おまんちょ臭いよ」

舐めながら、亜矢は、美和の花に目をやった。自分より亀裂が短く花は薄かった。勝手な思い込みだが、亀裂は短く薄い花びらのほうが品よく思える。

その点、亜矢は亀裂が長く、花弁も分厚い。ふしだらで、タフなおまんちょなようで、自分自身、好きではなかった。美和のまんちょに比べ知的な感じがしないのだ。

「あ～、美和、クリとか触れよ。俺、美和がオナニーしているの見ながら、亜矢に舐められたい」

菅井が男の願望をむき出しにした。

思考がすべてエロに向かいだしている。狙い通りだ。

「ねぇ、政治家のハニートラップ要員って、相当大物に送られるんでしょう」

「そりゃ、そうだろうが、俺のレベルじゃわからない。ってかもうしゃぶってくれよ」

菅井に頭を抑えられた。亜矢は大きく口を開け砲身を受け入れた。暴君が入ってきた感じだ。その暴君を宥《なだ》めるように、亀頭を舐めた。いい子、いい子と、子供の頭を撫でてやる感じだ。

裏側の三角地帯に執拗《しつよう》に舌を這《は》わせると、亀頭は鉄のように硬くなった。さらに亜矢は唇を捲《めく》りながら、スライドを開始する。

「んはっ、はがぁ」

菅井が間抜けな声をあげながら腰を振り始めた。口に一回出してしまいたいようだ。そうはさせぬ。精を吐き出した男の脳は、冷静さを取り戻してしまう。

「私も、政治家とやってみたい」

頭の動きを速めながら甘えてみる。亀頭の先が熱くなってきた。

「んんんんっ。とりあえず、一発抜いてくれ」

「やりたい！」

亜矢は口の動きを止めた。

「おぉおおっとっと」

射精の寸止めをくらった菅井が腰を泳がせた。

「あのな、政治家に限らず権力者っていうのは、エロい女には飽きているんだ。おまえ、ちょっとエロ過ぎて、若手しかむずいぞ」

菅井が早く抜きたいからか、ペラペラ歌いだした。女の調達はこの芸能プロダクションが担っていたということかもしれない。

「やっぱ、楚々《そそ》した感じが好まれるんだ」

裏筋をひと舐めしてやる。

「おっ、んが……　そりゃそうだ。権力者は清楚を好む。特に爺《じい》さんほどその傾向にある。逆に、日ごろから虐げられている秘書なんかは、丸ごと全部やってもらえるビッチ系を好む。俺らマネージャーと同じさ」

「菅井さんは溜《た》まっているんだ」

金玉をあやし、今度は先っちょだけを舐めてやる。

「秘書とかでよければ、回してやる。大金にはならないが、口さえ固ければ小金は稼げる。秘書なんかも株や不動産の極秘情報を持っているから、その辺を握ると別に儲《もう》けられる。うちの社長のやり方だよ」

菅井が恍惚《こうこつ》の表情でしゃべっている。

「社長さんって凄いのね」

言いながら、美和に目配せした。美和が頷き、オナニーを開始する。

「二人ともテーブルに乗っちゃいなよ。このマット、そろそろ換え時でしょう」

ルーレットテーブルの上でクリトリスをつまみ始めた美和が少し腰をずらした。

「菅井さん、私、あなたの女になる。めっちゃサービスしたくなったわよ。美和のまんちょを仰ぎ見ながら、私に全部任せて。いろいろ溜まっているもの、全部抜いてあげる」

菅井をテーブルの上に乗せた。仰向《あおむ》けにして、その顔の上に美和が跨《また》がった。

「私は、見せ専だけどね。ほらきれいでしょ」

ピンクの美しい花びらを押し広げると、菅井の鼻梁《びりょう》の上には、白い粘り気のある愛液がポタポタと落ちた。

亜矢は真っ裸になってテーブルに上がった。

「魂まで抜いちゃうから」

美和の股間に顔を突っ込んでいる菅井に添い寝し、乳首にチュウチョウと吸い付き、いまにも噴き上げそうな肉茎には手を這わせた。握りは軽めにする。

吸っては、軽く扱《しご》く。

「おはっ、これはいい。もう花枝のことなんかどうでもいいや。亜矢にめちゃくちゃにされたい」

菅井がルーレットテーブルの上で、のたうち回った。

「出る！　出る！」

美和のまん処に唾を飛ばしながら菅井が叫んだ。クリ擦り中の美和ががくがくと膝を揺らした。

「だめっ。まだ出したらだめ。私、そろそろ挿入したくなってきたから」

亜矢は腰を上げた。怒髪天を衝《つ》く巨根に跨った。

「えぇえええぇ～、さんざんしゃぶられたあとなんだから、挿入したとたんに発射しちまうよ。頼む、先に一発、手で噴き上げさせてくれ」

菅井は切羽詰まった声を上げた。

「いやんっ。ちょっとは擦ってよ。少しお話ししようよ。気がそれるから」

亜矢は、尻山を下した。ズブズブと男根を膣《ちつ》層に飲み込んでいった。嵩《かさ》張《ば》った鰓《えら》が柔らかい粘膜を抉《えぐ》って突入してくるので、亜矢も背中をのけ反らせた。

「ひゃほっ。気持ちいいっ」

「うわぁ、締めるな、締めるんじゃねぇ」

しゅぽっ。蒸気が噴きあがるような感触が膣層にあった。第一波が出てしまったようだ。

「ダメ、待って」

亜矢は竿の全長を飲み込んだまま、動きを止めた。

「『ダイナマイトプロ』の社長さんって、いくつぐらい？」

話しかけた。まさかこれが尋問だとは思うまい。射精防止用のトークだと錯覚してくれたらいい。亜矢の本心を知らないのは、美和も同じだ。これもエロ技のうちなのだろうと、切なそうに眉間に皺を寄せ、必死にオナニーをしてくれている。

「うちの前園《まえぞの》社長は四十三だよ。ぁあ、確かにこうやって喋っていると少し気が紛れる。けれど、美和のおまんちょと話している気分だ」

「いいのよ。視界は美和のまんちょ。挿入しているのは私のまんちょ。楽しいでしょう。じゃぁ雷通の倉田さんと同じぐらいね」

亜矢はさも知っている感じを装った。

「A大の同級生だよ。倉田さんは広告代理店へ、うちの社長はWバックスレコードで修業して独立した」

Wバックスレコードは、社名にレコードとついているものの、ありとあらゆるエンターテインメント事業を展開している上場企業だ。スターアーティストも揃《そろ》っている。

倉田と前園は、おそらく同じイベントサークルで悪さしあった仲だろう。そこらへんはあとで比嘉に裏を取らせたらいい。

「凄いのね」

ちょっと締めた。第二波が飛んできた。

「あふっ。出ちゃうよ」

「んんんっ、まだ堪《こら》えて。全然話は違うけど銀座のホステスなんかも政治家と出来ていたりするわよね」

言いながら腰を跳ね上げ、一回擦《こす》った。

「あっ、菅井さんの太すぎる」

マジで興奮してきた。

「うちから銀座に流すこともある。大手企業に勤めている女も、芸能界でデビュー出来るとなると目の色を変える。うちのオーディションやスカウトは表向きだけじゃない。ホステスを演じられる女も、女優だ。花枝も、閣僚クラスに通じないようだったら、銀座に流すんだろうな。まぁ、うちの前園社長が女や色男を集める入り口で、雷通の倉田さんがそれを活用する出口を作っている。もちろん、その上にさらに凄くてヤバい人たちがいるみたいだけどね」

そこまで言うと、さすがに菅井は我慢が出来なくなったようで、みずから腰を突き上げてきた。

ドスン、ドスンとやられた。

「ぁあん、菅井さん、私面倒くさいこと言わないから、女のひとりにしてね。五番目ぐらいでいいから」

「おおっ、取り敢《あ》えず、俺いま彼女いるから、セカンドだ。いいな。俺も亜矢のこと気に入っちゃったよ。おまんちょきれいだなぁ」

「これ、亜矢のじゃなくて、私のおまんちょだからねっ」

美和がドンと尻を下ろした。

「ぐわっ」

亜矢はすかさずヒップを振りたてた。騎乗位でスパーン、ズチュ、ズチュ、スパーンのリズムで粘膜同士の摩擦を続けた。

たちまち菅井が噴き上げた。第三波は、これまでにない盛大な噴き上げだった。

熱精《ねっせい》を子宮にドバーッと浴びせられる。

「ひゃはっ、いい。私も昇《い》った。でもエッチはここからよ。抜かずにもう一回、動くね」

男の小さな乳首に舌を這わせながら、そう宣言してやる。

「望むところだ」

菅井の瞳は蕩《とろ》けていた。

「清純派にはないビッチの魅力をたっぷり見せてあげる」

「だから俺はビッチ好みだ。亜矢、組めそうだな」

菅井が甘い息を吐いた。真上には、相変わらず美和のおまんちょが置かれている。

「んんんっ。私はまだ昇天していないよ。ローターで一気にやっちゃうことにする」

その美和がルーレットテーブルを飛び降り、オフィスのほうへ向かった。気を利かせてくれたということだ。

「ふたりきりになったね。ちょっとラブ入れてやろうか」

甘えた口調で言ってやる。さぁ、勝負だ。

5

おもろまち二丁目の高級リゾートホテルだ。

「ねぇ。花枝は女は嫌いなの？」

井沢淳子は、望月花枝の太腿を撫でながら、耳元で囁《ささや》いた。メインバーのカウンター席。客はまばらだった。

かねてより花枝のことは手籠《てご》めにしようと思っていたのだが、先週突如、雷通の倉田から、那覇で落とせという命令が入ったのだ。

落とせとは、比嘉の率いる準暴集団に差し出せということを指す。カジノでハメてAV男優とのハメ撮りを強行し、そののち言いなりにさせるということだ。

倉田は政治家への貢物と考えているのだ。ある筋からオーダーが入ったということだろう。

そうなるのは、まだまだ先のことだと思っていた。

望月花枝はまだ二年ぐらい第一線で活躍させることが出来ると抗弁してみたが、なおのこといまだと、怒鳴られた。

倉田の命令は絶対だ。

刃向かったら、二十年前に自分のLパーティでの乱交動画がネットにばらまかれることになる。ペニバンをつけて、泣き叫ぶ女たちを猛烈にレイプしている動画だ。あれを流されたら、自分のキャリアは終わりになってしまう。

とはいえ花枝が永田町に貢物として差し出されると思うと、切なくてしょうがない。胸が張り裂けそうなのだ。明日から、手慣れたAV男優に貫通され、様々な快楽とテクニックを覚えこまされると思うと。

挙句に仕込まれてからは、永田町の助平どもに股を開いて紅い果肉を舐めさせることになるだろう。そう思うと答えはひとつだ。

先に食べてやる。花枝の身体《からだ》の中心にある熟れたマンゴーを舐めて、極太バイブを差し込んでやらねば気が済まない。

マネージャーの菅井は、見て見ぬふりを決め込んでくれた。

もっとも菅井は、もはや花枝がどうなろうとも関心はなく、さっさとバニーガールとやりたかっただけだろう。事務所から見捨てられた芸能人の末路は憐《あわ》れだ。

「えっ、どういう意味ですか？」

花枝が、おっとりした口調で聞いてくる。グロスをたっぷり塗った唇の間から舌が覗いた。おまんちょに見えた。

「男と女ではどっちが好きか、ってことよ。いまはボーダレスな時代だから」

太腿を撫でていた手を股間に潜り込ませる。

椅子に手の甲を挟まれながらも、人差し指で湿地帯を目指す。

「あっ。いや、なんて言ったらいいか……井沢さんは、女性なんですか」

「プライベートの時は淳子って呼んで。私は女。平べったい股が好き……業界には多いから。隠していた人のカミングアウトも増えているしね。女性のプロデューサーやキャスティング担当」

暗に今後の仕事への影響を匂わせた。上昇志向の強いモデルや芸能人の心を動かすには、これが一番だ。

人差し指が、一番柔らかい部分を探し当てた。こういったことは同じ平らな股座《またぐら》を持つ同性のほうが探り当てるのが早い。ぐっと指を立て、欧米人がカモン、カモンとやるように指を動かした。

「あっ、淳子さん。ソコを弄られると……」

花枝は困った表情を浮かべた。

「濡れちゃうでしょう」

淳子は、さらに指を動かした。実際、花枝のソコは那覇の夜のように濡れていた。

「あっ、ふはっ」

花枝が正面を向いたまま息を荒げた。バーテンダーはおらず、棚に置かれた数々のボトルが、さまざまな色彩を放っていた。

「ねぇ、どうなの？　私に指を入れるさせる気、ある？」

おそらくクリトリスだと思われるポイントを強く押してやった。

「はう！」

花枝が背筋を張り、椅子から飛び降りた。頬も耳たぶも真っ赤に染まっていたが、眼から怒気があふれていた。

「逃げるのね。私に恥をかかせたってことよね」

淳子は思い切り睨みつけてやった。

「いえ、ちょっとお手洗いに行って、準備をしたいと思います。女の嗜《たしな》みです。五分ほどで戻ってきます」

花枝はそう言って背中を向けた。憮然《ぶぜん》とはしているが、こちらの要望を聞き入れたようだ。

やはり芸能人だ。おそらくその根性があれば、永田町でもうまく振舞えるに違いない。

そんなことを考えながら、花枝のグラスを覗き込んだ。カシスソーダ。まだ半分ぐらいしか飲んでいなかった。

淳子は素早くポケットから睡眠導入剤を取り出した。自分用のものだ。制作会社のディレクターという職業柄、常用している。寝なくてはならない時間が日によってまちまちなので、ガツンと眠るには、どうしてもミンザイが必要なのだ。

ただし、今夜の使用目的は違う。

花枝はL初体験であるばかりか、その志も感じられない。単に仕事を円滑にするために身体を差し出そうとしているだけなのだ。

そういう女は、途中で抵抗しだすことがままある。これまでも同意の上でベッドに入ったくせに、途中で暴れだした女が何人もいた。お互い真っ裸になったあとで手こずるのは面倒くさいものだ。

淳子は花枝のグラスに、ミンザイを素早く放り込んだ。効きすぎてもややこしいことになる可能性があるので、半錠にした。そのほうが溶けるのが早い。刺さったままになっているストローで掻き混ぜた。

花枝は五分経《た》っても戻ってこなかった。ミンザイは完全に溶けている。

——逃げたか？

そう思った瞬間。

「お待たせしました」

花枝は、とびきっりの笑顔を作って戻ってきた。気持ちを切り替えたらしい。

「濡れた下着を見せるのはちょっとハズイので下着を取り換えてきました」

今度は耳もとで囁いた。淳子は濡れた。濡れまくった。

「さすが芸能人ね」

切り替えの早さと常に替えの下着を持参していることを称賛した。

「あの、私の部屋のほうでいいですよね」

「もちろん」

淳子にとってもそのほうが都合がいい。朝、先に起きて、こちらの持ち物をチェックされるのはごめんだからだ。

「では、ルームサービスを頼んでおきます」

花枝は、そう言うとカウンターの一番隅に立っていたバーテンダーに手を挙げた。

「すみません。ルームサービスを頼んでもらえますか」

「もちろんです」

バーテンダーが歩み寄ってきた。

「アメリカンクラブサンドとコーヒーをポットで。あっ、淳子さんは、何かいりますか」

とやけにハイテンションで聞いてくる。性欲が高まっているときには、さほど食欲はわかない。

「私は結構よ」

と低い声で答えた。

花枝は頷き、部屋番号を伝えている。バーテンダーが去ったところで、目の前のグラスを取り上げ、ストローで一気に啜った。

遅い子でも三十分で効いてくる。ルームサービスが来る頃、眠気が来ることになってしまう。

食べて眠くなったと思わせることもできるし、ちょうどいい。

淳子も自分のグラスをあけた。ショットグラスだ。テンションが高くなるようにテキーラを飲んでいた。三杯目のグラスだった。

6

部屋はツインのシングルユースだった。

「淳子さんの乳首って凄い」

窓際のベッド。

間接照明に映し出された花枝の表情は早くも眠たげだ。眼はトロンとしている。

女同士は、弄り合い、しゃぶり合いが基本だ。乳首舐めもクリトリス舐めも男のように通過点ではない。

その先は道具に頼らねばならない代わり、舌と指の攻め合いは執拗かつ果てしない。乳首は弄るほどに大きくなるの。花枝、オナニーの時に、乳首は弄らないの？」

「乳首はキャリアを積んだ女ほど大きい。

添い寝し、陰毛を撫でながら尋ねた。

「私、乳房を揉む派です。こうやって、下乳を上に押し上げるんです」

とバレーボールのような乳房を持ち上げた。

淳子は生唾を飲んだ。

部屋に入り、それぞれシャワーを浴び、ベッドに入ったところだった。すぐにプレイに移行しなかったのは、ルームサービスで中断されるのがわかっていたからだ。

思ったよりも、アメリカンクラブサンドが遅い。淳子は苛立《いらだ》ってきた。

花枝がうつらうつらとなり始めたからだ。せっかくだから反応のあるうちに、この立派な身体を舐めまわしたい。

「淳子さん、私、陰毛感じるみたいです。初体験なんですけど、そうやって撫でられていると、気持ちよくて、気持ちよくて……」

言うなり花枝は、枕の上でがっくりと首を曲げた。寝息が聞こえてくる。

――しまった。

と思いつつ、淳子は花枝のそのレーズンのような小さな乳首をしゃぶってみた。

「ぁあんっ。気持ちいいです。淳子さんの舌、滑らかです。はふっ」

花枝が眠たげに身を捩《よじ》った。性感を刺激すると、まだ反応するようだ。乳首は硬直し切っている。

もう止められなかった。淳子は割れ目に手を伸ばし、大陰唇を割った。

ぷ〜ん、とメロンのような匂いが上がってくる。果肉は熟れている。とろとろだ。

にもかかわらず、花枝はとうとう完オチしてしまったようだ。、眼はしっかり閉じられ、静かな寝息を上げ始めた。

ミンザイなんか飲ませるんじゃなかった、とひたすら後悔した。

この子はLを受け入れられるタイプだったのだ。仕込めば仕込むほど、この道に入ってくる素質充分だ。

いますぐにでも、倉田に電話を入れ、明日のハメ撮りなど止めさせて、自分に調教をさせてくれと懇願したほうがよさそうだ。

——そのほうが倉田の利益に適《かな》う。

そう判断した淳子は、いったんベッドから跳ね起き、バスローブを羽織った。窓際のコーヒーテーブルに置いたままのスマホを取った。

午前零時を三十分ほど回っているが、倉田に電話をするにはまったく問題ない。仕事のことしか頭にない倉田はまだオフィスにいるか、六本木のクラブで打ち合わせをしているかどちらかだ。

倉田の番号をタップしようとした瞬間、ドアチャイムが鳴った。

「ったく！」

こんなタイミングでルームサービスが届けられるとはまったくいやになる。

淳子は、スマホをテーブルに置き、ドアに向かった。ドアスコープで確認すると、テーブルサイズのワゴンにサンドイッチの皿とコーヒーポットを載せた黒服の男が立っていた。中年の痩せた男。銀縁の眼鏡《めがね》をかけている。

見たことがあるような顔だと思ったが、それはおそらくこのホテルの中のどこかで会ったのだろうと、扉を開けた。

「遅いわよ！」

「大変申し訳ありませんでした」

男が深々と頭を下げ、ワゴンを押した。扉と室内を繋《つな》ぐ短いアプローチだ。男からは、ベッドの端が見えていることだろう。奥のベッドで寝ている花枝はマッパだ。

「それ以上、入ってこないで。女だけの部屋なんだから」

バスローブの前を閉じなおしながら、手で制した。男に肌を見られるのは大嫌いだ。

「はい、畏《かしこ》まりました。こちらで失礼いたします」

男はテーブルワゴンを部屋に押し込んだまま、一歩下がった。淳子はワゴンを引き寄せようとテーブルの両サイドに手をかけた。

その瞬間だった。

男が足を上げ、向こう側の縁を思い切り蹴飛ばしてきた。

「うわっ」

腹部の下あたりに大きな衝撃を受けた、淳子は、もんどりうって通路に倒れこんだ。バスローブの前がはだけ、M字開脚の状態で秘所を晒《さら》すことになった。胸元もはだけ、貧乳も丸見えになった。乳首は大きいが盛り上げるにかけるバストだった。

「つるまん、巨乳首とはな」

男が躍り込んできた。

「あなた！」

今日一日、ずっと『ムーン・ロケーション』の比嘉と一緒にいた男だ。ビーチにも闇カジノにもいた。アロハとハーフパンツから黒の上下と銀縁眼鏡に代わっていたので気が付かなかった。

いずれ極道の系統だと思っていたので、挨拶もしなかったのだ。

「殺されたくなかったら、脱げ！」

男はワゴンの上からフォークを取り突き立てた。そのままワゴンを回り込み、目の前にやってきた。淳子は立ち上がる暇もなかった。

「なに？　何なのよ。比嘉君は知ってのことなの？　ちょっと、待って、いま雷通の倉田さんに電話しようとしていたところよ」

とにかく抑止になりそうな名前を並べた。男は全く動じる様子がなかった。

「その倉田が、望月花枝をどうしようとしているのか、詳しく知りたくてな」

「そんなことは、比嘉君だって知っているはずよ」

「明日は賭けに負けさせて、無理やり凌辱《りょうじょく》することはな。だが、比嘉は段取りをつけているだけだ。どこに売られて、倉田がどんな目的のために使うのかまでは知らない。俺が知りたいのはそこだ。やい、どうなんでぇ」

「そんなこと、私だって知らないわよ！」

「じゃぁ、その身体に聞くまでだ」

いきなり足首を取られた。まん繰り返しにされる。

「いや、そこを見ないで！」

男にまん処を見られるなんて二十年振りのことだ。女子大生時代、倉田と前園にレズビアン同士の乱交を撮影されて以来だ。

女以外に、秘所を見られると嫌悪のあまり鳥肌が立つ。

男はフォークを首筋に突き立てたまま、黒服を脱ぎだした。一気に真っ裸になった。淳子は眼を覆った。男は五十代半ばに見える。だが、その肉体は逞しく、筋骨が隆々としていた。

極道ではない。直感でそう思った。

極道は喧嘩《けんか》を生業《なりわい》にしているが、特に体を鍛えたりはしない。むしろ怠け者が多い。いかにして闘わずに勝利できるかということばかり考えている。それは準暴も同じだ。少なからず、倉田や前園を通じて見てきた極道や準暴はそうだった。

「あなた、日本人じゃないわね」

淳子は得体の知れない恐怖を感じた。

「そう思うのか？」

男はあいまいに笑った。巨根を突き立ててくる。

「いやよ。私、男の人とは出来ない。女ならいくらでも紹介するわ。そうだ、花枝とやりなよ。彼女、五時間は絶対に起きないから」

懸命に背後のベッドを指さした。

「俺が用があるのは、あんただけだ。なぁ、望月花枝を誰に売るんだよ」

首にフォークの先端。秘穴に男根の先端を突き立てられた。

「せ、政治家よ」

「そんなことは知っている。個人名を聞いてる」

男根が送り出されてきた。亀頭が、むりむりと膣穴を拡大し始める。

「いやぁあああああ。私、男のモノは入れたことがないのよぉ」

淳子は泣き叫んだ。

「その割には、通るじゃないか」

男の眼に茶目っ気が浮かぶ。信用していないようだ。

「指とバイブ……それしか入れていない」

「ほう。ある意味処女か」

さすがに男はためらい、腰を止めた。亀頭だけが入ってきている。ローターをクリではなく、入り口に差し込んだ感じだ。

「そう、男に関しては処女。舐めたこともない。よく勘違いされるけど倉田さんや前園さんともやっていない……」

脅されているだけだ。だが、それは言わなかった。この男の正体がわからない。迂闊《うかつ》なことは言わないことだ。

「いまは女の総理だ。トップからのオーダーというわけでもあるまい。誰が、望月花枝を求めている」

男の眼が吊《つ》り上がった。般若《はんにゃ》の形相だ。亀頭が入り口で、くちゅくちゅと動かされた。

「だめぇ、入れちゃだめぇ、絶対だめ！」

膣層を猛烈にすぼめ、亀頭がびくりともしないように、挟みこんだ。

「観念しろよ。どの政治家が望月花枝を差し出せと言っている？」

ぐっと男は腰を送り出して来た。

「き、切田蓮子先生……」

「なんだと？」

男が首を傾げた。信じていない眼だ。

「あの先生、バイだから……」

適当なことを言って切り抜けたい。

「それで、あんたがL調教をしようってことか……だがな、そいつは違うだろう」

「えっ」

「切田蓮子は、Lでもバイでもない。正真正銘の男好きだ！」

ずずっと亀頭が侵入してきた。なぜこの男は、それほどまで確信をもって言うのだろう。ひょっとして公安とか？

倉田は公安を極端に恐れている。唯一、自分たちの過去をつかまれている可能性があるからだ。

「まって、まって、私が知る限りでは、民自党の高森佐奈《たかもりさな》先生。これは本当よ。倉田さんは、最近、高森先生と頻繁に会っている。高森先生は、総務省や経産省に大きな影響力があるから、雷通としてもキープしておきたい政治家なのよ。芸能人を貢ぐのは何も男性議員ばかりとは限らないわ。ボーダレス」

民自党の中でも、最もライトウイングの立ち位置にいる女性議員だ。安藤政権時代、総務相を担ったことがあり、そのときのメディアに対する圧力は凄《すさ》まじいものがあった。離婚歴があり肉食系などとマスコミは呼んでいる、

「なるほど、彼女がバイならわかる……そういうことか。可憐《かれん》な女性アイドルをねえ」

男は初めて柔和な表情を見せた。一瞬、淳子は助かったと思った。

だが、次の瞬間、亀頭が一気に侵攻してきた。ロシア軍みたいな意表を突いた侵攻だ。無遠慮に、どかんどかんと攻め入ってきた。Gスポットを一気に通過し、女の首都である子宮に向かってくる。

「わぁぁあああああああああ。だめぇ、だめぇ、花枝、暴漢よ、起きて助けてよ！」

あらん限りの声を張り上げ、爆睡している花枝に助けを求めたが、それは詮なきことであった。

「温度と湿度のある大型バイブだと思えよ」

男はそう言い、いったん亀頭を引き上げたかと思うと、思い切り尻を跳ね上げ、渾身《こんしん》の力を込めて、亀頭爆弾を叩《たた》き落としてきた。

「うそっ。子宮陥落！　いや〜ン。処女じゃなくなった！」

「あんたの場合、そんな大げさなもんじゃないだろう。バイブと指で突破していたんだから」

「同じじゃない！」

男根の未通と貫通では、気持ちの上で全く違う。男はオナホールでいくら擦っていても、女体を知らなければ童貞だろう。

たった今まで私は処女だったんだ。

男はそんな淳子の気持ちなど全く忖度《そんたく》せずに、腰を動かし続けている。

「あっ、いやん、あんっ」

「これからいろいろ協力してもらいたい」

そう言うと男は、脱ぎ捨ててあったジャケットのポケットからスマホを取り出した。

淳子は、条件反射的に両手で顔を覆った。これは、二十年前と同じことになる。

永遠に脅されるのだ。

「やっぱりあなたロシアね。やることが卑怯《ひきょう》すぎるわ」

「心配するな、俺はロシアではない。ルールは守る。仕事が終わったら、すべて消去する」

「信じられないわ。あっ、あふっ」

顔さえ隠していればと、懸命に押さえていたが、男はとんでもない動きを見せた。

亀頭を半回転させ、鰓を膣の上方に向けてきた。膣のちょうど中ほど、扁桃腺《へんとうせん》のように粘膜が垂れ下がっている部分だ、不吉な予感が過《よぎ》ったまさにその瞬間、鰓は、その腫物を擦り始めた。

「わっ、なんてことを」

恥骨の真下。そこは女の尿道海綿体《Gスポット》だ。

「白旗を揚げさせたい」

男はあんぽんたんなことを言った。相当なすっとこどっこい野郎だ。ずこずこ擦られた。

「いやっ、ばかっ、うわあぁああああああ。決壊する！」

潮を噴き上げた。同時に顔を押さえていた両手を外してしまう。

「おうっ、いい顔だ」

ビュンビュン飛ばしている様子をばっちり撮影されてしまった。もちろん顔もだ。これは恥ずかしすぎる。レズの乱交パーティのほうがまだましだ。それにこの映像がバラまかれたら、大事な女恋人たちに相手にされなくなってしまう。

「協力するから、絶対にこれは返してちょうだい」

「俺はロシアでもチャイナでもない。約束は必ず守る」

男は潮を被《かぶ》りながら言っている。悪人だが間抜けな感じもする。これまで淳子の周りにいた計算高い男たちとは少しニュアンスが違う。さっぱりわからないタイプだ。ただ、この男は比嘉たちよりもはるかに強そうだ。倉田のことも恐れている様子はない。

そして何よりも、淳子にとって初めての男なのだ。

「あなたに寝返るわ。でももうひとつお願いがあるんだけど」

「ん？　チンポ舐めたいのか？」

わからんちんなことを言う。そういう私も潮は止まらない。

「そうじゃなくて……倉田さんと前園さんが持っている、私の乱交動画を取り返して欲しいの」

服従する相手は一か所だけにしたい。

「それは難しいな。どれだけコピーされているかわからんよ。ただし、絶対に露出させない手はある」

男は潮を浴びながらも冷静だった。

「どういう手なの？」

「核爆弾を抑止できるのは話し合いではないだろう。核だ」

そう言って男は耳もとで囁いた。

返答に困った。だが、男の言っていることは、正鵠《せいこく》を射ている。

「やってくれるんですか？」

淳子は初めて敬語を使った。

「あんたが全面的に協力してくれたらな」

「協力します」

淳子は本気でそう言った。このおっさんが好きになった。

その夜、淳子は自分が知っていることを、すべて喋った。そしてその代償に腰が抜けるほどセックスをしてもらった。

男っていいかもしれない。レズビアンに男の味を教えてくれたこの男を、淳子は以後、松《ま》っさんと呼ぶことにした。

第四章　カモン・ベイベ

1

「あ～、エレーナね。いまはバンドの仕込みを手伝ってもらっている。彼女はどういうわけか、横浜のバンドに強いんだ。それも日本人のバンドじゃなくて、横浜のライブクラブで活躍する白人、黒人、フィリピンバンドをブッキングしてくれる。それにポールダンサーとかも引っ張ってこれる。ありがたいんだよね」

リカルド長嶋《ながしま》は、分厚いステーキにナイフを入れながら、気軽に答えてくれた。

おそらくそのブッキングは雷通の倉田が、手を回してのことだ。

嘉手納マリーナに面したレストラン『シーサイト』。

58号線から誰でも普通に入れるステーキハウスだが、紛《まが》うことなき米軍施設内だ。

もちろんパスポートはいらない。グアムやサイパンあたりの海辺のくたびれたシーフードレストランとさして変わらない。味も大味である。

「彼女がどうやって基地に入ったのか知らない？」

洋子はソルトシェルクラブを齧《かじ》りながら聞いた。

「さぁね」

リカルドの眼が泳いだ。

――知っている。

洋子は確信した。

リカルドは、母親がフィリピン人、父親が日本人だ。日本生まれ。ネイティブではないものの英語が達者なので基地のリクリエーション担当の職員として働いているという。

彫りが深い顔立ちと、憂いに満ちた双眸《そうぼう》は、いかにもヤリマンガールたちに受けそうな感じだ。

「ねぇ、私たちを基地の中には招待してくれないの？」

翼がアイスクリームを舐《な》めながら、しなを作った。ほとんど下着のようなスリップワンピを着ていて、洋子としては正直、並んで座っているのが、ちょっと恥ずかしかった。

「いやぁ、よくブッチャーさんのお店で紹介された女の子にも基地内見学をせがまれるんだけど、僕のレベルじゃムリだよ。将校クラスの招待状《インビ》がないとね」

リカルドが肩をすぼめた。

「そうなんだぁ。那覇のバーでナンパしてくる兵隊たちは、みんな基地内のライブクラブや滑走路を見せてやるなんて言うけど、それもナンパトークなんだ」

翼が口を尖《とが》らせた。唇にバニラアイスがくっついている。

「ありえないよ。だいたい基地の外で、私服で日本人の女の子に声をかけるときは、みんなかっこつけている。軍曹だとか伍長《ごちょう》だとか言ってナンパしている連中は、たいていが二等海兵だと思っていい。偉そうにしているのは、上官のいないバーだけで、基地に戻ったら、上官の命令で走り回っている姿を見られる。妻帯者なんて、基地内に日本の女の子を連れてきたら、奥さんにライフルで撃たれちまうよ」

リカルドが声をあげて笑った。

「ここが、基地内とのギリギリラインみたいね」

洋子は、バドワイザーを一気に呷《あお》った。

「そういうことです」

リカルドが軽くウインクして肩をすぼめる。話はここまでというサインだ。

「エレーナが、日本人なのにまったく基地の外に出てこないというのが、とても気になるんだけど。探る方法はないかしら？」

ウインクを無視してさらに押してみた。

「う〜ん」

「私も多少、日本の芸能界にはコネがあるんだけどね」

洋子は眼に力を込めた。事実だ。管理売春容疑の摘発現場にいた芸能人を何人か見逃してやったことがある。性活安全課の目的とは異なるからだ。胴元を潰せればいいのであって、芸能人や有名スポーツ選手を潰したいわけではないからだ。

心の中で、くらいつけ！　と念じた。

「誰かは教えてもらえないんですか？」

リカルドの眼が光った。くらいついてきた。

「例えばアイドル」

「メンズですか、レディースですか？」

「あなたのビジネスに適《かな》うような大物を探すわ。たぶんエレーナよりも大物《ビッグネーム》を渡せると思うわ。少なくとも日本人なら大抵知っているレベルのスター」

洋子は米国軍人のリクリエーションに適う大物とは言わなかった。あなたのビジネスに適うと誘いをかけたのだ。

「へぇ。女性アイドルとかでも行けますかね？」

案の定リカルドがくらいついてきた。

「あたってみるわ。表のスケジュールじゃなく、あくまでも嘉手納基地内のシークレットギグということでね。公表はしないことが条件。それなら出演料はどうにでもするわ。どぉ？」

「なるほど。ワンナイトだけですか？」

「二日、あなたに預ける。ギャラはそちらの規定でＯＫよ。それも一日分だけでいいの」

絶対に飲む条件を提示する。

「つまり二日目は、基地内でやらなくてもいいってことですね」

リカルドが生唾を飲んだ。頭の中で電卓をたたいている音が今にも聞こえてきそうだ。

「さぁ。私はノーコメント。所属事務所には海外進出のための、度胸付けに米軍キャンプでやってみましょうと誘うだけ。予備に沖縄観光を一日つけさせるわよ。もちろんマネージャーにも多少口止め料は必要になるけど、その辺はリカルドの匙加《さじ》減しだいだわ」

遠回りに、裏営業を匂わせた。

「匙加減？　難しい日本語だな」

リカルドが眉間に皺《しわ》を寄せた。本当に『匙加減』は理解できないらしい。

「スープの味も調味料の入れ方で、どうにでもなるでしょう。そういう意味よ」

「なるほど。二日目を俺に任せてくれたら、マネージャーにもたっぷりキックバックするさ。なら、出来るだけ、日本で有名なタレントがいいな。基地内のライブなんて、どのみち外に行く金もないやつが暇つぶしに見ているだけだからさ、正直、バラエティにさえ富んでいたら、誰でもいいんだ」

おそらくそれが本音だろう。

どんなに日本で有名なアーティストがパフォーマンスしても、米兵はさほど喜ばないに決まっている。彼らが喜ぶのは、本国からやってくるアーティストだけだ。

戦後の占領下でもあるまいし、米軍キャンプでプレイすることは、日本の芸能人にとってもさしたるステータスでもない。

むしろいまなら、民謡や演歌歌手のほうが、キャンプではうけるのではないだろうか。厚木《あつぎ》基地などでは、毎年夏の一般公開日に、日本のおばちゃんたちと盆踊り大会を開いたりしている。

「そういうことよね。あなたにとって都合のよいタレントを持ってくるようにするわ」

洋子は、すべてを見越したように言った。

リカルドの頭の中にあるのは、半グレが企画する闇営業と同じことのはずだ。パフォーマンスまでいかない『ギャラ飲み』だけでも、充分な売り上げが見込める。

「まず、一本やってみましょうよ。そこそこうまくいったら、洋子さん、定期的に組みませんか？　こっちも将校クラブでのパフォーマンスとか、基地内ゴルフ場でのプレーとか、サービスをつけますよ。軍の機密にならない、住宅街とかボウリング場とか映画館、そんなところなら俺が案内できますし。ブッキング出来たら、洋子さんもスタッフとしてはいれます。エレーナも基地内でなら会えると思いますよ」

リカルドの最後のワンフレーズは、核心をついていた。

基地内は治外法権。日本人といえども、犯罪者であることを立証し、外務省を通じて引き渡しを交渉しなければならない。

新川恵里菜が、罪を犯した証拠などどこにもないのである。それどころか、今泉正和前総理は公邸で心不全を起こしたと公表されている。仮に恵里菜との情死が真の死因でも、それを暴露することは前総理の名誉を汚すことになり、真相捜査を命じた中林美香現総理も、それは望んでいない。

『真木機関』の任務はあくまで真相解明だが、それは隠密裡《り》にやらねばならない。

実は、洋子にとっても治外法権のエリアで話を聞くのは都合がよかった。文潮砲《ぶんちょうほう》などのような厄介なマスコミの耳目の及ばない地帯としては格好である。

そして任務は急ぎたい。

「ねぇ、いますぐ決めようか」

洋子は提案した。ついでに、バドワイザーを三本頼む。

「えっ？」

「いま決めても、タレントが動かせるのは二か月後よ。八月。ツアーの合間に那覇に寄ってもらおうっていう魂胆なの」

裏ルートで芸能界を動かせる松重とすでに相談してあらかた見込みはつけてある。しかも雷通の倉田の色のついていない芸能事務所を絞り込んである。

「八月なら、グッドですよ。基地内でもサマーイベントの一環として組み込めるし、俺のビジネスも箱さえあれば、本土からも客を呼べるし……なぁ、翼ちゃん、あんたどっか箱しらない？　いやカジノはだめだぜ。一般客がビビるから」

「うちの店、深夜だったら、たぶんＯＫじゃないかしら。比嘉さんから言ってもらうから」

翼が答えた。このキャバ嬢、エロいだけではなく、案外、頭もいいのかもしれない。要領を得た答えだ。

「頼めるかい？　もちろんセキュリティは比嘉さんにお願いするし……地元とも話付けてほしいんだよね。その料金はきっちり払う」

「いいわよ。頼んでみる。ソルジャーも呼んでくれるわよね。ブッチャーさんの店に来るようなイケメンの……」

洋子とは別な交渉をしている。やっぱり目的はイケメン米兵ということだ。このスケベめ。

「じゃぁ、ちょっと電話してくるね。呼べる女性アイドル、探してくるよ」

洋子は席を立った。店の前のマリーナに出る。将校クラスが楽しむのだろう、クルーザーやプレジャーボートがずらりと並んでいた。

日はまだ高い。海は穏やかで、キラキラと輝いていた。

スマホで松重に連絡する。

「昨夜はレズビアン相手に、大変お疲れのところ悪いわね」

洋子は皮肉を込めていった。

なにも私に『なりゆきで、やってしまいました。すみません』とメールしてくることはないだろう。捜査手段は選ばず、悪には悪をもって制するのが、『真木機関』なので、違法捜査を咎《とが》める気などない。

「はい、くたくたです。年甲斐《としがい》もなく頑張りました。倉田と前園、それにマスコミに入った元イベサーの連中を徹底的に洗いますよ。上原もダイナマイトプロのマネージャーを手籠めにかけたようですから外堀は、徐々に埋まりだしています」

「わかりました。こっちも新川恵里菜が今現在、基地内にいることの裏が取れました。さっさと潜り込みたいので、餌になるタレントの根回しを御願いします。二か月先で釣れる芝居をしてくれる大物がいいんだけど」

「もう出来ています」

松重がきっぱりといった。

「誰ですか？」

「沢木《さわき》エリーです。謹慎中だからどこへでも行けます。大物でしょう。それに今は半グレとは完全に縁を切っています。芝居にも応じてくれますよ。オンラインさせましょう。男はジャッキー事務所を退所して暇をこいている東田涼《ひがしだりょう》がいます。こいつもいろいろヤバいので、こちらの言う通りの芝居はうってくれます」

「それは大物だわ。お願いします」

「すぐにやります。けれど、ボス、その代わり一気に勝負に出てくださいよ。沢木エリーも東田涼も、あくまでもポーズでやってくれるだけですから」

「わかっているわ。すぐに仕掛けるわよ。松《ま》っさんもすぐに依頼を」

それで電話は切った。あとは自分も芝居を続けるだけだ。

レストランの席に戻った。

リカルドが大声をあげて笑っていた。

「あら、ずいぶん盛り上がっているようね」

洋子は席についた。すでにバドワイザーのグラスが置いてあった。

「だって、翼ちゃんが、短小包茎が好みだとかって、わけのわからないことを言うからさ」

「あら、短小包茎は知の象徴とされていたのよ。ミケランジェロのダビデの像って短小包茎でしょ。私、そういう男を探しているのよ。むしろ白人にいるんじゃないかと」

翼は、バドワイザーで酔ってしまったのか、ほとんど夜の仕事場のノリで言っている。

「いや、俺が知る限り、みんな暴君みたいなのをぶら下げている」

「リカルドは？」

「めちゃめちゃ暴君！」

わざわざ椅子から腰を上げて振って見せた。

「じゃぁ、私はだめだぁ。だってここスーパーSサイズなんだもの」

翼まで股間を指さしている。

陽光が燦々《さんさん》と差し込むマリーナのレストランでの話題ではないだろう。

「はいはい、エロ話はそのへんにして、仕事の話に戻るわよ」

洋子はあえて毅然《きぜん》とした口調で言った。

「洋子さんの好みは？」

リカルドが無視して聞いてきた。

「ん〜、私も知の象徴系かな？」

思わず答えてしまった。

「なんか、ふたりともブッチャーさんの店に男漁《あさ》りにくる女たちと違いますね。アジアンサイズよりもアメリカンサイズを求める女ばかりなのに……で、呼べるタレントいましたか？」

「大物ふたり。それなりに稼げると思う。ここで声に出して名前、言っちゃだめよ。まずは彼女」

言いながら、洋子はスマホをリカルドに向けた。

沢木エリーの顔写真と簡単なプロフィールが載っている。

「わっ！」

まず隣で翼が驚きの声をあげた。

沢木エリーは三年前にクラブで泥酔《でいすい》して真っ裸で踊りまくったという事件を起こしている。ただし、それ以後は堅実な生活をし、現在は演技派女優としての地歩を固めつつある。その騒ぎの仕掛け人であった半グレ集団が管理売春をしており、性活安全課が壊滅に成功した。その際、回収した沢木エリーの数々のセックス写真を、洋子は沢木に返却し、松重が与党暴力団『関東舞闘会』の二次団体神野組に依頼してその半グレ集団に圧をかけた。流出拡散させたら神野組が黙ってはいない、という圧力だ。以後その半グレ集団は、沢木から手を引いた。

そうした貸しがあるのだ。

「文句なしだ。ホントに来てくれるんですか」

「久しぶりに、歌ってみたいそうよ。シークレットならＯＫだって。もう一人は男性アイドル……」

スマホをタップして、東田涼の写真を見せる。

「おおおっ。元『ジェットストーム』の東田じゃないですか」

「ジャッキー事務所を退所したから可能なの。来年にはまた大手事務所に所属するみたいだから、いましかチャンスはないということよ」

もっともらしい注釈をつけた。

「東田には、ヤバい関係はついていないんですか」

東田は素行の悪さで退所に追い込まれたと聞く。なにか大きな事件を起こす前に契約更改を避けたということらしい。東田は東田で、本格的なロックアーティストへの志向があり、トーク主体のバラエティへの出演には辟易《へきえき》していたところだ。東田は会員制の乱交パーティに仮面をつけて参加していたところを踏み込まれたことがある。囮《おとり》で入っていたのは亜矢で、やってしまったそうだ。

このとき事情聴取の対象から外してやったことをいまも恩義に感じてくれている

ときいた。

だから今回も協力してくれるのだろう。

「いまのところはね。それに比嘉君を間にいれたら問題も起こらないでしょう」

「ですよね。そのふたり、もらいます。基地のリクリエーション課の予算は少ないですが、裏イベントのほうで、たっぷりバックします。進めてください」

「OK。決定にするわね。その代わり、三日以内に私を、嘉手納に入れてエレーナに会わせて。それが条件よ」

洋子は切り込んだ。

「いやいや、まだふたりが来るっていう保証はないじゃないですか。日本の芸能界はすべて口約束でスケジュールが決まるようだけど、洋子さんの話をまるまる信用は出来ないよ。まずは当人たちと具体的な打ち合わせをしないことには」

リカルドは当然のことを言い出した。

「本人たちと打ち合わせができたら、フィックスするわね」

念を押す。

「それは、もうこっちも引くに引けないでしょう」

それが狙いだ。

「リカルドのスマホの番号を教えて。電話させるわ」

「えっ、まじ？」

リカルドはすぐに番号を言った。洋子はその番号を松重にメールする。

五分後、リカルドのスマホがバイブした。知らない番号らしく首を傾《かし》げている。

「沢木か東田かどっちかだと思う。ビデオ電話をタップして」

洋子が急《せ》き立てた。

「まさか……」

と言いながらタップしたリカルドが、目を丸くした。

「初めまして、沢木エリーです。隣はマネージャーです。リカルドさんですか？」

テレビや映画で見るのと同じ顔がそこに映っているはずだ。隣にいるのは『真木機関』の小栗順平だ。伊達メガネをかけてにやけた顔で映っている。

「イエーイ、リカルドです。びっくりしました」

「八月の何日がいいですか？」

いきなり小栗が話を具体化させた。

「えっと、まだ軍と詰めてないので、二日ほど待ってくれませんか」

リカルドはしどろもどろになった。

「わかりました。候補日はいくつかください。前後の仕事と調整して決めますので。返事は真木さんにお願いします」

淡々と返している。芸能マネージャーにしては、理知的過ぎやしないかと、洋子はひやひやしながら見守った。

「はい、明日にでも、具体的なスケジュールを決めます」

リカルドが電話を切ったところで、すぐに東田涼からもビデオ電話が入った。

「わわわっ、ひ、東田さんじゃないですか」

「おうっ、あんたがリカルドかよ。アイドル顔じゃん。いいね、いいね、那覇で稼がせてくれるんだって?」

いきなり向こうから突っ込んできた。

「はい、それなりな報酬は払えると思います」

リカルドはもうほくほく顔だ。

「でさ、夜遊びのほうもばっちりなんだよな。俺さ、いまマネージャーとかもいないから、面倒なこと言うやつ一切いないから。また、どっかの事務所に入っちまうと、いろいろ制約があるからな。でも、これマジシークレットなんだよね。俺、偶然遊びに行ったって台本でいいんだよなぁ。もちろん歌っちゃうわけだけど、リカルド君さぁ、アコギは一台用意しておいてくれる？　自分で持っていくのっておかしいじゃん。たのむぜ、カモン・ベイベ！」

東田は、みずから裏営業を申し出てきたが、よく考えてみれば、現在フリーの東田には、裏も表もないはずだった。

まさに名演技だ。

それからしばらく、楽器の機種やバックバンドは地元で調達するとか、そんなことを言い合って電話は切れた。

「東田涼って、絶対短小包茎だと思う！　だって彼、凄《すご》く、アタマよさそうだもの！」

横で翼が興奮した声を上げた。有名人に対してもチェックポイントが変わらない。ある意味、裏表のない子だ。

「信用してもらえたかしら」

洋子は、リカルドに視線を戻した。

「充分です。まさかこんなに早く物事が進められる人だとは思っていませんでした。生意気な口きいてすみませんでした」

リカルドは日本式に深々と頭を下げた。

「それでは、私のリクエストも通してちょうだい。明日にでも基地内に入りたいんだけど。パスの申請とか、将校さんからの招待状とか、そんな手間のかかる方法じゃなくて、無理やりでも入れる方法を考えて。それが、条件よ」

ここはずけずけ押すところだ。

「わかった。わかった。荒業を使うから。明日の夕方四時にブッチャーの店へ来てください。入れる方法を用意しておきます」

リカルドはそれまでの調子のいい言い方ではなく、険しい表情を見せながら言った。

2

「カモン・ベイベ、急いで」

黒人兵が手招きした。

幌《ほろ》付きのボンネットトラックの荷台から勢いよく飛び降りると、そこはもうアメリカだった。同じ南国の景色でも、東南アジアから一気にホノルルにやってきた気分だ。

まさかスピーカー専用のボックスの中に入れられて搬送されるとは思わなかった。正式な許可を取らず、物として入れたということだ。

「はい、このパス下げて。いいか、シアターの楽屋内だけだ。外には一歩も出るな」黒人兵が早口の英語でまくし立てた。

メンバーは洋子、翼、茉菜の三人。洋子はキャメルカラーのワイドパンツに白のTシャツ。パールのネックレスをつけていた。翼は相変わらずにチャラチャラしたスリップワンピ。軍人にどうぞ一発やってくださいというような格好だ。

茉菜は通訳として同行したいと、みずから申し出てきた。願ったり叶《かな》ったりだ。彼女はグレーのパンツスーツ。スタッフとして弁《わきま》えのある服装だと感心した。

「まさか、これですんなり入れるとは思っていなかったわ」

洋子は首からぶら下げたパスを指さした。

ＰＡスタッフとあった。リクリエーション課の発給する一時パスだ。アクセス可能エリアは、ライブシアターのバックステージ内のみ。翼も同じＰＡスタッフ。茉菜はライト・スタッフのパスをぶら下げていた。

写真付きではない。

監督者の下で、五時間以内しか滞在できないというものだった。リカルドとこの黒人兵が監督者だが、おそらく黒人兵はリカルドに金で抱き込まれている。

誰も私たちが無断で入っていることを知らないのだ。

「たまたま今日は、エレーナがブックした横浜のインストバンドだ。全然面倒くさいことなど言わないおっさんバンドだけど、あえて日本人のPAとライトのアシスタントがいるといって申請した。ここにいられるのは、リハーサル時間含めて、六時間だけだ」

リカルドが早口でまくし立てた。

それだけ時間があれば十分だ。午後五時だった。ステージからはギターやベースをチューニングする音が聞こえている。ドラムはエイトビートで叩《たた》いていた。

「普通のアマチュアバンドって感じだけど？」

翼がバックステージへと足を運びながら聞き耳を立てていた。

「ナイスバンドだよ。日本ではオールディーズ系のライブクラブに時々出る程度らしいが、全国の米軍キャンプで人気がある。いわゆるベンチャーズスタイルのバンドだけれど、彼らは日本民謡ばかりを演奏するんだ。それがエキゾチックだと受けている。それにインストでカントリーでもソウルでもなんでもやるから、カラオケの代わりになる。兵士も将校も家族も、ステージに上がって歌いだしたら止まらない」

なるほどと思った。聞こえてきたギターのメロディは『黒田節』だった。

「で、エレーナは？」

「スタッフルームにいる。案内する」

リカルドが先導してくれた。ここは洋子ひとりだけで入ることにした。通路には楽器を入れるハードケースが所狭しと置かれていた。

リカルドが通路の最奥にある部屋の扉をノックした。

「はい」

ソプラノのよく通る声がした。

「ふたりきりで話させて」

「了解しました。ただし、エレーナには例のブッキングの件はまだ黙っていてください」

「わかったわ。あなたの取り分が減らないように気を付ける」

そう言って扉を開けた。

「はじめまして。新川恵里菜さんですね」

いきなり切り出した。

「興信所の方ですか？」

新川恵里菜はいかにも銀座の女らしい作り笑いを浮かべた。

「似てますが、違います。ちょっと保険会社から、委託されましてね」

「あら、勧誘ですか？」

恵里菜は微笑は絶やさなかったが、鋭い視線を向けてきた。

「それも違います。今泉正和さんという方の死因の調査依頼です」

洋子は、あくまでも遠回しに伝えた。ただし、こちらもじっと目を見据える。

「今泉正和さん？　そんな言い方ある？　なくなった総理大臣でしょ」

恵里菜の眼が明らかな怒気を孕《はら》んだ。

「保険会社にとって、肩書はあまり意味は持たないそうです。どうして亡くなったのか。それが重要であって、今泉さんの死亡原因に曖昧な点があるようでして」

「あなた自身は保険会社の方ではないと？」

「はい。投資コンサルタントですが、保険会社は私の顧客なんですよ。ですから、金額の大きな支払い案件には調査協力もしております。新川さん、銀座の『桜宵』にお勤めのときは今泉さんの担当でしたよね。持病を持っていたとか聞いていませんか？」

さらに遠回しに聞いた。ここで大事なのは、すべて知っているのよ、という眼をみせることだ。

壁の向こうからバンドサウンドが聞こえてきた。本格的なリハーサルに入ったようだ。エレキギターの音だが、津軽三味線のような響きでどこかの民謡を奏でていた。

「曖昧な点ってどういうことよ？」

恵里菜が明らかに動揺を見せた。

「公邸の職員からいくつか証言を得ています。遺体はどこかから運び込まれたと。死亡診断書はきちんと出ていますが、むしろその肩書ゆえに、そんなことはどうにでもなるはず、と保険会社は見ています。そもそも死亡したとされるのが公邸で、看取った人がいません。夫人の証言があるだけです」

言葉でも、追い込んで行く。

「総理の持病については知りません。当日のことについても、私は何も知りませんよ」

と言いながらその瞳から涙が溢《あふ》れてきた。きつく唇を結んでいる表情は儚《はかな》げだった。

意外な展開だった。

ホテルの従業員からのリークも得ているのよ、という次に用意していたセリフは飲み込んだ。そこまで追い立てなくとも、もはやオチたも同然だった。

「ごめんなさいね。いろいろ思いださせちゃったみたいね。もういいわ。私たちとしても、死者を冒瀆《ぼうとく》する気はないの。死因そのものを知りたいだけ。今泉さんは、直近の定期健康診断でも循環器系に何ら問題がなかった。立場上、それは厳密に検査をされていました。その主治医も首をかしげていて、本来は司法解剖を求めたいと……」

同情も交えてじわじわ輪をせばめていった。

「クスリを……ＥＤ治療薬を……」

恵里菜が、ひとりごとのようにつぶやいた。

その時だった。いきなり扉が開いて、通訳の戸川茉菜が飛び込んできた。グレーのジャケットの前を開いている。

「エレーナ、そこまでよ！　この女は、投資コンサルタントでもなければ保険会社の調査員でもないのよ。刑事よ。元ＳＰ。エレーナ、あんた殺人罪でぶち込まれるわよ」

茉菜がまくし立てた。十五分前までとはまったく違ったケンのある表情だ。

「えっ？」

恵里菜が絶句し、いきなり立ち上がった。

「いやいやいや、茉菜さん、あんたのほうこそ何者なの？」

「大きなお世話よ。準暴なんて、いつ裏切るかわからないから、比嘉のもとへ潜入していたら、刑事も潜り込んできたのには驚いたわ。ディレクターや花枝のマネージャーも落としたみたいね」

茉菜がいきなり回し蹴りを打ち込んできた。ローファーの踵《かかと》が脛《すね》に当たる。とんでもなく硬かった。鉛入りのようだ。

「うっ！」

洋子はその場に横転した。左の腕と腰骨を打った。さすがにすぐには立ち上がれなかった。

コンクリートの床で胎児のように体を折り曲げながらも、ワイドパンツのポケットに手を突っ込みスマホをまさぐった。『真木機関』全員に向けて狼煙《のろし》をあげる。画面にもくもくと煙を上げる緊急事態を知らせるメールだ。

「ふざけた女よ。エレーナにうまいことを言って、基地外に連れ出して、いきなり別件逮捕する気だったのよ。始末するしかないわね」

ローファーで腹部を思い切り蹴られた。何度も何度も蹴られた。

「あふっ」

こんな経験は初めてだった。光のシャワーを浴びせられ、不協和音が耳もとで鳴り響いた。

脳は覚醒していたが、身体《からだ》は動かしようがなくなった。通路のほうから、翼が泣き叫ぶ声が聞こえてきた。

「いやぁ、リカルド、おっぱい握らないで！」

「ふざけろ、おまえも刑事なんだろう。勝手に楽器ケースを開けやがって。これは砂糖だ。いいな、アメリカの甘いシュガーだ。プレイヤーたちに土産《みやげ》につけているんだ。ってか、お前もう二度と日本には帰れないからな」

「知らないわよ。私は何も知らない。ただここで、洋子さんを待っていただけじゃん」

翼の声に、平手打ちの音が重なった。

巻き込んでしまった。洋子は舌打ちしたが、後の祭りだった。それにしてもシュガーとはなんだ？

開いたままの扉から、リカルドが入ってきた。

「ハニー、こいつが刑事と知っていたなら、もっと早くに教えてくれたっていいじゃないか。俺はジョニー中尉に沢木エリーと東野涼を呼べるって伝えちゃったじゃないか」

興奮した声で言っている。

「ごめんね、リッキー。でもね、この女も基地内に入りたかったようだけど、私としてもどうしても入ってもらいたかったわけよ。それも非公式にね。つまりリカルドに本気になってもらわなきゃならなかった」

「まんまと俺の手の内を見せちまったことになる」

リカルドと茉菜は同一グループではないようだ。お互いの利益のために、時々組むパートナーのようだ。

「しかし、あなたこのやり方で、ブツを表に出していたってわけね。まぁ、私とは無関係なビジネスだけど」

茉菜が呆《あき》れたように言っている。

「いやいや、これも倉田さんに連なるビジネスだ」

リカルドが笑っている。

「茉菜ちゃん、どうやらあなたは敵らしいけど、どうして私をこの中におびき寄せたかったのかしら？」

洋子は聞いた。

「あなたたちは、内緒でここに入ってきた。基地に入った証拠はどこにもないということ。たとえわかっても、日本の警察に捜査権はないわ。ということは、このまま消えてしまっても、探しようがないのよね」

茉菜の声の響きは冷厳《れいげん》そのものであった。

3

「真木洋子が消息を絶ちました」

いきなり官邸執務室に、明田真《アケマン》子が飛び込んできた。青ざめている。午後七時だ。

「嘉手納基地に入ったところで、消えました。『真木機関』の松重特務員からです」

「ややこしいところで消えたわね」

美香は、大きく伸びをして答えた。これはまいった。ミイラ取りがミイラになった。

「どうしますか？」

明田と真木はキャリアの同期だ。日本初の女性警視総監が生まれるとしたら、この二人のどちらかであろうと、美香は見ていた。

「ルートは三本ね。外務省の北米ルート、警察庁の公安ルート、最も近いところでは嘉手納基地内にいる自衛隊ルート。総理大臣としてはどれでも動かせるわ」

「いや、おそらく今夜中に外のどこかに移されると思います。もともと、半日パスで秘密裡に入ったようです。しかし、裏ルートで入ったわけですから、米軍自体がきちんと把握してはいないでしょう。どのルートを使っても、司令官はポカーンと口を開けることになります」

「アケマンに何か案はある？」

美香は聞いた。悩ましい事案すぎてオナニーでもしたい気分だ。

「米軍と何らかのコネクションのある連中が絡んでいることでしょうから、大きな揺さぶりをかける手はあります」

「どんな？」

「たとえば、総理の嘉手納基地訪問です。沖縄で知事と司令官と直接さまざまな意見交換をしたいと会談をセッティングするんです。それだけで沖縄県警は厳重警備体制を敷き、一時的な抑止効果が生まれます」

「わかった。役人は全部飛ばして、知事と司令官に私が直接、電話をするわ」

「それだけで相手は慌てて、各方面に相談すると思います」

「じゃぁ、今からやってみるわ」

美香は元職の報道記者のノリでアポ取りを開始した。知事は驚いていたが、即座にOKしてくれた。エブリタイムOKだと。司令官は東京の大使とハワイの司令部と相談するとのことだった。

アケマンを帰した後に、首相補佐官の西村忠孝を呼んだ。

「先日お願いした、アメリカの軍産複合体の最近の動きは摑《つか》めたでしょうか？」

「はい。CIAとアメリカ多国籍企業、わけても軍産複合体と呼ばれる航空会社や海運会社、それに自動車メーカーは台湾への進出強化を狙っています。ロシアのウクライナ侵攻以来、戦争が簡単に起こる時代へと逆戻りしたと受け止めています。

次は中国の台湾侵攻と予測できます。米国としてもウクライナと異なり、台湾は助けねばなりません。それが政権内の一致した考えです。ただし、直線的に進めるのは難しい。中国を刺激しないようにしなければならないんです。そこで考えられているのが日本企業をクッションに挟む戦法です。日本の自動車メーカー、重電機メーカー、航空機メーカーに台湾で大きな工場を作らせようとしているんですよ」

「まさかそれを軍需工場化したいって話じゃないでしょう」

「その通りです。それらの日本の工場をタイミングを見て米国の多国籍企業が買収します。例えば最近、航空機製作に乗り出した七菱工業に台湾工場を作らせ、いつでもロッキードやボーイングが買収できる道筋をつくっておくという工作です。また戦後日本でやった親米への印象操作を日本の広告代理店を通じて台湾でやろうということです。政治的統治をせずに文化統治をするという政策です」

西村が現状分析してみせた。

「その推進に今泉さんが邪魔だったということでしょうか？」

「いいえ、今泉さんは積極的でしたよ。むしろ日本だけではなく、アジア各国が親米国家でまとまるのが理想としていた節があります」

「なら、ＣＩＡに狙われるということはないですよね」

「ないと思います」

「わかりました」

「どうかなさいましたか？」

「いいえ、見えそうで見えない、なんかモヤモヤした感じがするの」

今泉正和の死に関連していると思われる銀座ホステスが、前総理の死の直後米軍基地に匿《かくま》われている。

だがCIAもアメリカの軍産複合体も、今泉は協力者だと思っていた。

どこか矛盾がある。

党内リベラルと思われがちの今泉を潰したいのは、新自由主義の新興経営者たち。そう見立てていたが、彼らの政治信条は米国寄りなはずではなかったか？

「総理、政治家はイデオロギーの違いで他国を敵味方に分けたがりますが、犯罪者や商人はそんなふうには考えませんよ。儲《もう》かるかそうでないか、それだけが判断基準です」

ふと西村がそんなことを言った。さらに、

「役人のようなタイプほどイデオロギー至上主義になりますね。ではわたしはこれで」

西村が去っていった。

――そうか、そういうことだったのね。

美香は見落としていたことに気が付いた。だがこれはどう動くべきなのか。

とりあえず、オナニーしよう。

総理執務机の角に股間を押し付ける。日本初の女性総理だ。ここに股を押し付けたのは、私が最初だろう。

気持ちいいっ。日本をクリトリスで動かしたい。

第五章　上海ハニー

1

身体《からだ》がなんとなく揺れている感じがした。潮の香りと湿気は猛烈だ。ここは海上だと察した。

脳が徐々に覚醒するとともに全身の痛みも襲ってきた。動くことは不可能のようだ。腹部から食道にかけての不快感もまだ抜けていない。

目を開けても見えるのは、漆黒の闇だけだった。黒にさらに黒を重ねたような、深い黒だ。

床が大きく揺れた。

「ううっ」

身体が自然に転がり、打撲の激痛が走った。右側に回転し、鉄板のようなものに
身体を打った。

「あうっ」

さらに大きな声をあげさせられた。

「真木洋子がSPだったとは驚きだ」

鉄板の向こうからリカルドの声がした。洋子がまだ気絶したままだと思い込んで
いるのだろう。実際、揺れて回転しなければまだ寝ていただろう。

部屋のどこかからは、寝息が聞こえている。おそらく根田翼だろう。巻き込んで
しまって本当に申し訳ない。

「カジノとか売春組織だけがばれるのなら、さして問題はないんだけどね。いまに
あの女は、核心をついてくるだろうって……」

茉菜の声だ。マジ、こっちが彼女の正体を知りたい。通訳と言っていたが語学に
堪能な点が気になった。

「それ、倉田さんの見立てですか?」

リカルドも倉田の恩恵を受けているということか?

「違うわよ。彼女の元同僚。死んだ今泉総理のSPからの情報よ。そうじゃなきゃ

まったく気が付かなかったわよ。中林現総理の担当だった女性SPがなぜ突然消えたのかって、彼が古巣の公安に調査を依頼したのよ。そりゃ、自分の立場がかかっているから、当然でしょう」

茉菜の会話に洋子の心臓は高鳴った。総理が聞いたら嗚咽《おえつ》しそうな話だ。

今泉前総理の担当SPにして、ホテルでの第一発見者は、森川信勝だ。

当時、副総理だった中林美香のSPとして、洋子は第一報を受けた。その時点では、死亡現場は議員会館のすぐ近くにある名門ホテルだと知らされた。

隠蔽《いんぺい》される以前の報告である。

洋子がその純正な情報を得ることができたのは、副総理の担当だったからである。おそらく他のSPたちには、伏せられていたはずだ。

総理が倒れた場合、代わって指揮をとるのは、副総理に他ならないからだ。中林副総理が官邸に戻り、詳細を把握したのち、隠蔽工作が始まる。夫人の要望もあった。遺体をひそかに公邸に運び込み、そこに主治医を呼び、休憩中の心臓発作と公表された。

一国の総理が、ホテルでホステスと一発やっている間に死亡では、いかにも収まりが悪かった。

新川恵里菜の存在はすぐに消去された。

総理死亡の最初の発見者である森川SPがすべてを取り仕切ったのだ。もちろん森川の一存ではない。官邸からの指示があったからだ。

ただし、そのホテルの通路で待機していたのは、森川ただひとりだったはずである。

洋子は森川の経歴を、頭に浮かべた。事件直後に個人データを閲覧していたのだ。この事案に何かきな臭さを感じていたからである。

しかも実際、死因に不審な点はなかったか、あるいは司法解剖は本当に必要なかったのか、などという疑問に関しては、公安によってすべて封印されてしまった。

国家機密に属するという特例から、警察内部で決定してしまったのだ。まるで全体主義の国家のような隠蔽の仕方だった。

森川信勝。四十歳。この男は、機動隊出身だ。

それも『鬼の四機』と称される第四機動隊。猛烈な訓練を積み、修羅場に何度も出動していたはずだ。柔剣道はおろか、あらゆる格闘技を習得しているはずだった。

しかも機動隊員は、それらの格闘術を防護服を着たうえで繰り出せる基礎体力を持っている。一昼夜、眠らずに立ち続けていられるのもそうした訓練の賜物《たまもの》なのだ。

森川は三十歳で同じ警備部の公安に転属になった。外事一課。ロシア担当である。『真木機関』にも、公安外事一課出身の岡崎雄三《おかざきゆうぞう》がいるが、完全に覆面捜査員だったために、森川との接触はない。

森川が公安に所属していたのは、六年である。つまり四年前にSPに転属になっている。この六年間で、森川はインテリジェンスのさまざまな手法を学んだはずである。

機動隊で徹底的に武闘を習得し、公安で頭脳を鍛え上げた。そんな男だからこそ、総理大臣担当のSPに加えられたのであろう。

だが、もしこの男が、裏切り者であったならば。あるいは、他国の工作員に仕立て上げられていたとしたら。

洋子は息苦しくなる。

「でも、森川さんも言われた通りにやっただけでしょう。ビッグ・キャッスルがすべて収めちゃったんじゃないですか」

ビッグ・キャッスル？

コードネームか？

「リッキーも驚いたわね。あの時は」

ふたたび茉菜の声だ。

「そりゃもう。ハニー姉さんからの依頼は、持ち出しオンリーだったので、持ち込みには驚きましたよ。しかも生身の女」

ハニー?

茉菜にもコードネームがあるのか。

ビッグ・キャッスル、リッキー、ハニー。こいつら、いったいなんなんだ。そして、いま発覚したことだが、新川恵里菜を嘉手納に運び込ぶ役目を担ったのは、茉菜ことハニーとリカルド長嶋だったわけだ。

そして、『真木機関』が那覇入りし、松重や上原が忍び込んだ時点から捕捉されていたことになる。知らなかったのは比嘉たち爆風連合だ。

公安《ハム》だ。

それ以外に総理直轄の特務機関の内情をきっかり捕捉できる部門などない。

ひとりの男の顔が浮かんだ。

首相補佐官のひとり大城武志《おおしろたけし》だ。警視庁からの出向官僚。所属は公安。内閣情報《サイ》調査室《ロ》の担当者とともに、日々、総理に各国の動きを報告する任務だ。

外交の戦略も慣行と儀礼にとらわれる外務省のオリエンテーションよりはるかに

実践的だと、中林現総理から聞いたこともある。

大城が何かの絵を描いていたのではないか？

今泉前総理の死因を特定もさせず、十年の封印にしたのも大城が画策したのではないか？

何のために？

その動機がわからない。

「ハニーさんはこのまま上海《シャンハイ》に引き上げるんですか？」

リカルドの声がした。

「このふたりを、引き渡したら、そうしたいわね。そろそろＣＩＡの網にもひっかかりそうだし。那覇では面が割れてしまっているしね」

「だったら、俺もマニラに引き上げたいですよ」

「仕事はあるの？」

「それなりにありますよ。日本から逃げてきた犯罪者をかくまうと結構な金になるんです。刑事犯だけじゃなく、脱税とかで逃げてきた連中は、一生マニラやセブ島で暮らすことを前提にきますから、莫大《ばくだい》な隠し金を持ってくるわけです。それをギャングたちと一緒にゆっくり剝ぎ取るわけです。最初は甘いことを言って、逃げ場をなくしてから、はがしですね。死んじゃって日本に帰したら、それで終わり」

「そのお金、マラカニアン宮殿への工作資金にも回してほしいわ」

マラカニアン宮殿はフィリピンの大統領官邸だ。

「だめですよ。フィリピンで中国人は、日本人より嫌われている。アメリカ軍が去った後に、南シナ海にいきなり現れたのが中国海軍ですよ。最悪ってことになって、やっぱアメリカのほうがいいとみんな思うようになった。それにね、ハニーさん、中国人観光客のマナーは悪すぎますよ」

「まあね。それは私も同胞ながら、わかるわよ。那覇で日本人のふりして通訳やっていてよくわかった」

「ハニーみたいに、洗練された中国人ばかりだったらいいんですけどね」

「あら、私は上海生まれだけど、横浜育ちだからね。家電を買いに来る中国人と一緒にしないでよ」

洋子はこの会話を聞いて、啞然《あぜん》となった。

ハニーは中国人だ。

英語と中国語が堪能な通訳とすっかり騙《だま》されていた。堪能なのは日本語だったのだ。

「たしかに。僕は六本木育ちのフィリピン人ですからね。マネー次第でどっちにでも転びます。アメリカでもチャイナでも」

ふたりは大声をあげて笑い出した。耳障りな笑い方だった。

「んんんっ。気持ち悪い」

闇の中で、翼の声がした。船酔いでもしていたようだ。

「しっ」

洋子は、声のした方へと、身体を回転させた。激痛が走ったが、歯を食いしばって、ゴロゴロと転がった。

ぐにゃりとしたものに背中が触れた。ぐにゃぐにゃしているが弾む。

「おっぱい潰れそうで苦しいです」

頭の後ろで翼の声がした。今度は囁《ささや》くような声だ。

「ごめん」

またまた激痛に耐えながら身体を半回転させた。それでもブラックアウトした室内では、翼の顔は見えなかった。

「ビッグボス。私たち、どうなっちゃうんでしょうね」

首のあたりに翼の息が当たるので、向かい合っているのがわかった。

「わからないわね……あっ」

翼の腕や肘が、洋子のバストに当たった。

「すみません。まったく見えませんね」

翼はごそごそ動いている。太腿《ふともも》のようなものが、洋子の股間に割り込んでくる。

「なんか巻き込んじゃってごめんね」

「いいえ、巻き込んだのは私だと思います。マジすみません、あっ、そこ擦らないでください。ボスの太腿、私の大事なところに当たっています。いや、かまわないんですけど……私、経験ないもんですから」

自分たちは脚を絡め合って、股間を擦り合っているようだった。偶然、そういう形になってしまったのだが、揺れる室内では、この形のほうが離れ離れにならずに済む。何せ一度離れたら、声を出し合わない限り、互いの位置を知ることができない暗さなのだ。

「ごめん、ごめん、なんかもつれあっちゃっているわね。でも、今なんて言った？ そっちが巻き込んだってどういうことよ」

「信じられないと思いますけど、私、刑事なんです」

翼が耳もとに唇をくっつけてきた。耳たぶに舌がねちょっとあたる。

「信じようがないわよ」

洋子も手探りで翼の頭を抱え込みながら言った。バストとバストがぴったりくっついた。バレーボールVS野球ボールといった感覚だった。もちろん、洋子のほうが野球のボールだ。

「私、沖縄県警組織犯罪対策課薬物担当です。米軍ルートで準暴に流れているというのを追っていました。比嘉の店に潜っていればいずれ、米軍関係者にたどり着くと……たどり着いたんですが、捕まっちゃいましたね。巻き込んでごめんなさい」

翼は、先ほどまでのハニーとリッキーの会話を聞いていなかったようだ。

「階級は？」

洋子はさらに声を潜めた。

「巡査長です」

翼が手を盛んに動かしていた。ポケットを探しているようだ。いきなり視覚が失われると、自分の身体ですら位置がはっきりしないものだ。

「私は警視庁の警視正。現在の所属は言えないけれどかつては犯罪分析官。捜査内容は保秘」

「はい？」

当然ながら、まったく信じられないという声だ。

「沖警の組体には、保坂博之《ほさかひろゆき》さんがいるわね。私、同期入庁よ」

「保坂管理官と同期ですか！」

翼が声を張りそうになったので、やむをえず唇をくっつけた。黙らせるにはほかに方法がなかった。

保坂と聞いて、すぐに管理官と反応したので、翼も本物の沖警刑事ということだ。

「無事にここを出られたら、保坂の弱点をたくさん教えてあげる」

唇を離して、洋子も翼の耳を舐《な》めながら伝えた。

「わかりました。本当にビッグボスなんですね。あっ、あった」

言いながら、翼がポケットから何かを取り出した。なんだかごそごそと動かしている。ビニールを破るような音。

「ボス、私の唇を舐めてください」

本当に囁くような声だ。

「いや、もう舐めないから」

「じゃぁ、私から」

翼にいきなり唇を奪われた。どういうことだ？　その気にさせてしまったか？

「あふっ」

唇が粉っぽかった。舌も差し出してくる。舌先にも何かくっついていた。塩のような感触で、しょっぱくはない。

「シャブです。くっちゃってください」

翼の声は実に冷静だった。

「な、何する気」

吐き出そうとしたら再び塞がれた。洋子は堪《たま》らず飲んでしまった。

「基地内のクラブの楽屋の通路。バンドマンたちの楽器ケースの中に一キログラムの袋が三個も隠されていました。カラクリがわかりますよね」

翼が落ち着いた声で伝えてくれた。

洋子は声を出さず、頷《うなず》いた。

米軍基地には税関も保安検査機もないのだ。兵士が、海の向こうのどこかの基地から持ち込み、リカルドに渡す。リカルドはバンドマンやダンサーの衣装ケースに忍ばせて、基地外に持ち出す。

受け手はおそらくハニー。

脳がカッと熱くなった。同時に体の痛みが消える。打撲した肩や腕を床につけても痛くない。

「えっ？」

「シャブ効果です。コロンビア産の最高精製ものです。混じりけなしですよ。たぶんあと五分もしたら、鉄パイプで殴られても平気になりますよ。いや、後で凄《すご》いダメージが来ますが……いまはパワーが必要です」

薬物担当とあって詳しい。

「わかったわ。チャンスが早く来るといいわね」

徐々に体内にエネルギーが蓄積されるのを感じながら、洋子は翼の額を撫《な》でた。

優秀で勇敢な薬物担当刑事だ。

2

「行き先は平壌《ピョンヤン》よ。あの辺にいる漁船に引き取ってもらう」

ハニーが両手を腰に当てて言っている。大型クルーザーのデッキだった。

「チャイナじゃないんだ？」

洋子は目をこすりながら言った。ブラックルームからいきなり出されたので、最初は空も海も真っ白にしか見えなかった。

ようやく慣れてきて風景が見えてきたところだ。海は凪《なぎ》だ。

「北に売ったのよ。いずれ何処《どこ》へ消えたかと捜索になるでしょう。その場合、北のほうが、あぁ、なるほどってことになるでしょう。漁船に乗っている様子とか撮っておくから。少し遅れて、エレーナも送るから、向こうで答え合わせでもしてよ」

もっともらしい消え方を作ったわけだ。

ここは、東シナ海だろうか？

波間に木製の漁船の集団がいた。二十艘《そう》ぐらいだ。どの船にも北朝鮮の旗が翻っている。日本の排他的経済水域の外側ということだろうか。

洋子は注意深く周囲に目を向けた。

少し離れているが日本の漁船も出てきている。想像するに宮古島《みやこじま》から台湾側に進んだ漁場らしい。

勝てる。洋子はそう思った。

覚せい剤が効いて、もう体は暴れたくて、暴れたくてしょうがなくなっていた。

痛感が麻痺《まひ》してしまうと、人間は大抵のことが怖くなくなってしまうものだということがよくわかった。翼の言うとおり、クスリが切れた後のダメージは大きいだろう。だがそれは生きて帰った後のことだ。

いまを乗り切れたらいい。

翼もいまは、爪を隠している。漁船に放り投げられるのを待っているのだ。

「ねぇ、ハニーちゃん、いったいあなたは何がしたいのよ」

「日本占領！」

冗談っぽく笑って言われた。

「あんたプーチン？」

「そんなロシアみたいなアナログなことはしないわよ」

北の旗を立てた木製漁船がクルーザーの真下までやってきた。

「どういうこと？　どうせこれでお別れなんだから教えてよ」

「日本の内部崩壊誘発。それ以上は、平壌でゆっくり考えて」

いうなり洋子の背中にハニーの回し蹴りが飛んできた。つんのめる。

「あうっ」

デッキからムササビのような格好で、宙を飛んだ。恐怖はどこにもなかった。助かったという多幸感が多くなっているから、覚せい剤はマジヤバい。

「いやん後ろから膝蹴りなんて、お尻が割れる！」

素っ頓狂な声を上げて、翼も落ちてきた。

ふたりの女が落ちてきただけで壊れてしまいそうな襤褸《ぼろ》船だった。演歌のカラオケに出てきそうな捩《ね》じり鉢巻きの漁師たちが女ふたりに群がってきた。十人は乗っている。

まずはレイプしようという魂胆だろう。朝鮮語なので相手の言っていることは全くわからない。

「ビッグボス。こいつら全員、海に叩《たた》き込みましょう。私、操縦できますから」

巨乳を鷲摑《わしづか》みにされた翼が頭突きで跳ね返していた。痩せた赤銅色の中年だったが、額がぱっくり割れて血が溢《あふ》れ出ていた。どんだけ強い当たりを食らわせたのだろう。

洋子の股間にもオイルまみれの手が伸びてきた。スカートを捲《めく》られ、シルキーホワイトのパンティを剝《む》き出しにされた。レースの縁取りが見えている。

頭にきた。

「翼、この船を、とにかくクルーザーから離して！」

パンチラをネットにさらされるのはだけは勘弁してほしい。さすがに小栗でも消しきれない。

「わかりました」

翼のテンションも高い。雄たけびを上げて、四方にいた男たちに金蹴りを見舞っている。ローファーの爪先でガツン、ガツンと玉を打っていた。

「おぅ！」

「うえっ」

「ぎゃはっ」

目を剝いた男たちが、もんどりうって、続々と海に落下していく。落ちなかった男たちも狭い船の上でうさぎ跳びをしている。そいつらに、洋子がとどめの玉ハグをしてやる。

荒い息を吐きながらうさぎ跳びをしてる男たちに自分から抱きつき、ズボンの上から、睾丸《こうがん》に手のひらを当て、思い切り握る。脳が覚醒しているので、加減というものがなかった。

「うぉおおおおおおっ」

男が激しい痙攣《けいれん》をおこし、逃げるように自ら海に飛び込んでいった。

八人が落ちた。

「乗っ取りました」

操縦桿《かん》を握った翼が声をあげた。

「そのまま、日本漁船に突っ込んで」

「了解です」

襤褸漁船が全力で日の丸を掲げた船団に向かっていく。驚いた日本船が放水をしてきた。

「私たちは日本人です。北朝鮮の漁民をナンパしてきました」

翼がハンドマイクで、わからんちんなことを言っている。さらに大きな放水があった。日本船団に接近していくのに恐怖を感じた北朝鮮人のふたりが、あわてて海に飛び込んでいく。

「かまわないから、船団のど真ん中に突入して」

「はいっ」

どの船でもいいから飛び移る気でいた。そう、日本に戻ってしまえば、どうにでもなる。総理大臣がついているのだ。

3

「真木洋子って頭にくる」

周美鈴《しゅうみれい》は男根を舐《な》めながら、上目遣いに言った。倉田と会うときには、美鈴を名乗っている。本名ということになっていた。

真っ赤なチャイナドレスの下は何もつけていない。深いスリットの隙間から、時折、割れ目が見え隠れした。赤いシルクのせいで、太腿の白さが際立っていた。

「まさか、お前がやり損ねるとはな」

男は窓の外を見ている。地上五百メートル。ヘリコプターの中だ。

「あんなにタフだとは思わなかった。あのキャバ嬢もさ、めちゃくちゃ喧嘩《けんか》強いのに、漁船に放り投げられるまで、隠していた。ずっとおっぱいの大きなおバカキャラで通していたし」

男根はすでに青筋を立てている。常に怒っているようなイメージの男だが、男根は、そのまま倉田の顔のようだった。

初めてやることになった。

「俺たちも、真木洋子を所詮キャリアだろうと甘く見ていた。知性はあっても、体力はないだろうとな。まったく雷通のビッグデータも公安の情報も当てにならん。もっとリアルな情報が取れないと、俺たちは生き残れんよ」

言いながら、倉田はパイロットにもう少し下がるように伝えた。フェラチオシーンを盗み見しながら、パイロットは操縦桿を下げた。東京湾から飛び立ち、いまは紀伊半島のあたりを飛んでいる。

「もう挿入しますか？」

作戦失敗の埋め合わせに、倉田とセックスするしかないと思った。そうしたら、さすがは大手広告代理店のプロデューサーだ。空を見ながらバックで挿《い》れたいと言いだし、自分としては超高層ホテルの最上階かと思いきや、それをさらに見下ろすヘリコプターだった。

シコルスキーXウイング。ヘリコプターといっても、小型ジェット機並みに大きい。大空を遊覧しながらのセックスなんて、とても心が弾む。美鈴は、ほんのわずかな時間、自分が中国国家安全部の諜報員《ちょうほういん》であることを忘れたいと思った。

「バックからな」

「はいっ」

美鈴は返事をして、立ち上がった。飛行するヘリコプターの中でセックスするなんて、当然初めてだった。

「ダイスケ、振り向くんじゃないぞ」

倉田がベルトをがちゃがちゃと外しながら、パイロットに言った。

「当たり前ですよ。族上がりの俺に投資してパイロットにさせてくれたのは、倉田さんです。絶対裏切らないですよ」

ダイスケは、まっすぐ前を向いて言っている。三十歳ぐらいらしい。頭髪は角刈りで、昔の中国人を連想させてくれる。事業用ヘリコプターの免許を取得しており、CMや映画の仕事をフリーとして受けているということだ。沖縄にも何度も来ており、美鈴とも顔を合わせていた。曲芸飛行が得意な自称童貞だ。本当かどうかいつか舐めて、しゃぶって、挿入してみたいと思う。

美鈴は、ヘリの窓辺に手を突き、真っ赤なチャイナドレスをたくし上げた。尻の割れ目がばっちり倉田に見えているはずだ。

美鈴の眼下にはエメラルドグリーンの海が広がっている。雷通マンは仕掛けが違う。ロマンチックなセックスになりそうだ。

「新川恵里菜を基地に運んでくれたのには、いまでも感謝しているよ。ハニーとリッキーの作ったルートがなければ、隠し切れなかった。日本の中にアメリカがあるのは本当に便利だよ」

言いながら倉田が男根の尖端《せんたん》を花に押し付けてきた。固ゆで卵のような弾力の亀頭がずりっずりっと花や淫芽に擦り付けられた。

しっとり濡《ぬ》れていた粘膜が一気にずぶ濡れになる。擦り続けられた。じれったい気持ちだ。

「倉田さんが薬物の搬出ルートを確立していたので案外簡単でしたよ」

美鈴は自らヒップをさらに掲げ、秘孔を上向きにした。早く受け入れたい気持ちでいっぱいだ。

にもかかわらず、倉田はすぐに挿入しようとはせず、亀頭でクリトリスを執拗《しつよう》に擦ってきた。

「あっ、ひゃはっ」

「俺が大学生だった頃から、米軍流れはバンドマンが出し入れするというのが王道だった。横田や座間に入ったブツをバンドマンが取りに行く。俺が始めた最初のビジネスだった」

倉田はなぜか問わず語りを始めた。

誰もいない空の上だから、過去を吐き出したいのであろうか。美鈴はそう思った。秘密を抱えているというのは、それ自体がストレスだ。同じような境遇にある美鈴にはよくわかる。

生まれたときから、日本で工作活動をするように教育された自分は、いくつもの名前を持ち、この国と上海を行き来しながら暮らしてきた。おかげで、ときどきれが本当の自分がわからなくなる。

いまは周美鈴。横浜と那覇では戸川茉菜を演じていた。その前は三沢で、阿部《あべ》カナと名乗っていた。その名前を持ったまま岩国と佐世保では、八神芽衣子《やがみめいこ》として通訳をしていたものだ。いずれも米軍関係者と親しくなるためだった。

「それで大がかりなイベントをやる資金を得たんですね」

肉棹《にくざお》が膣《ちつ》層の中ほどまで侵入してくる。

「そういうことさ。バンドの中で俺だけが自分ではやらなかった。だから成功した。手っ取り早く金を稼ぐ方法は二種類しかない」

ようやく秘孔に亀頭が押し込まれてきた。ドレスの脇から両手が入ってきて、乳房も揉《も》みしだかれる。発情して乳首がこりっこりに硬直している。スパイだってスケベな気持ちになる。

「ふはっ。早く奥まで」

と、せがんだ瞬間。突如、ヘリが大きく傾いた。四十五度の傾きだ。ちょうど差し込みやすい角度になった。

ぐっさりと男根が根元まで滑り込んでくる。

「あぁああああっ」

「アメリカ好きだったのに、なんで中国にはまっちまったのかね」

倉田は、ピストンを繰り出しながらも、また独りごちている。海がどんどん迫ってくるような気分になった。

「中国、だめですか？　うぅ、もっと、早く動かしてください」

倉田が猛烈に突き動かしてきた。気持ち良すぎてもう昇《い》ってしまいそうだ。

「米軍に出入りしている俺に目を付けたのが、横浜中華街のリンダだ。香港出身。山手のアメリカン・スクールに入っていて英語が堪能だった。リンダが金髪のアメリカン・ガールを何人も紹介してくれた。二十二年前だよ。乱交まで仕切ってくれたしな。やっぱアメリカン・スクールの女は進んでいると思ったぜ。当時の香港はまだ大陸に返還されたばかりで、まだ英国の香りがたっぷり残っていたものさ」

乳首をきつく摘《つ》まれた。ぎゅーっと引っ張られた。

「あぁあぁ～ん。そこも気持ちいい」

美鈴は乳首とクリトリスが敏感だった。オナニーでは、その二点ばかりを責めているからだ。

けれども今日は違う。素性の知れた相手だ。これはプライベートセックスに近かった。プライベートセックスなど国家安全部の訓練所で、仲間たちとやって以来皆無だ。

「まさかそのリンダがさ、香港人じゃなくて、大陸の出身だなんて思わねぇものな。米軍将校の娘をレイプしたときの動画を撮られていたなんて、気が付かなかったわけよ」

男根が刺さった状態の女陰に倉田の指が伸びてきた。人差し指と親指を器用に動かして、包皮から赤い米粒大の芽を剝きだしてしまった。

クリトリスは基本包茎である。性的刺激が強すぎるポイントだから神が守るような構造にしたのだ。直接下着に触れていたら、歩くたびに興奮してしまうだろう。

そのクリトリスを剝き出されたのだ、真っ赤な粒が突き出ていると想像しただけで、恥ずかしくてしょうがない。

「そういう事情がなければ、中国には協力しなかったということですか」

クリトリスに風圧を感じながらも、美鈴は上半身をひねり、倉田の顔をみた。

「そもそも俺はアメリカ文化の信奉者だ。今も変わらない」

親指でぐっとクリトリスを押さえた。玄関チャイムを強く押したような感覚。

「うわぁあぁぁぁあ」

快感が脳を突き抜けた。吹っ飛びそうな快感だ。

「だがね、これからやることは中国からの命令だ。俺はちゃんと任務を遂行するよ」

倉田の顔が歪《ゆが》んだ。いつの間にか、背中にリュックのようなものを背負っていた。気になったが、それ以上にいまは昂《たか》ぶりの中にいて、肉と肉をつなげることに夢中だった。

「それが大事ですよ。いまに中国が世界を支配するわ」

美鈴の脳にはそれ以外の世界はありえなかった。そう信じなければ、自分がこれまでしてきたことに対する大義がなくなってしまう。

「そうだよな」

倉田がいつもの笑顔に戻り、ガン突きしてきた。鰓《えら》を左右に回転させて、膣肉を抉《えぐ》るように攻めてくる。クリトリスに当てた親指にもどんどん力が込められてくる。

「うはっ。クリが裏側までめり込んじゃう。はうぅうう」

美鈴は歓喜の喚き声を上げ続けた。両手は自然に広がり、蝶《ちょう》のようにバタバタと窓を叩いた。それでも倉田がピストンやクリ潰しを緩めることはなかった。ゴン攻めに総身は火照り、くらくらとなってきた。

「いぐっ、グぐぐ……」

目の前に極点が迫っていた。

「天国に行けよ」

「一緒に、一緒に、昇天してください」

美鈴は襲ってきた絶頂の波に身体を放り投げようとしていた。

倉田の棹が膣内で震えだしている。

「おぉぉお、出る……」

「ぁあああああ」

倉田の精子がビュンと子宮に当たった瞬間。美鈴は体のバランスを崩した。

——えっ？

ヘリコプターの扉が開いた。

同時にヘリの傾きはさらに大きくなった。

「あっ」

身体が空に舞った。現実感はなかった。まだ肉は繋がっていた。フルスピードで落下する身体の中心にまだ精汁が注がれ続けているではないか。身体は後ろ抱きにされたままだ。

「天国へ行けよ」

耳もとで倉田がそう言うと、ぬるっと肉棹が抜けた。自分の身体だけが弾丸のような速度で落下していく。

「倉田さーん！」

空を見上げた。その顔に、精汁が降ってくる。びちゃっ。空中顔射は初体験だ。倉田は手を振っていた。パラシュートが開いてゆらゆら浮かんでいる。

それが上海ハニーの見た人生最後の風景だった。

4

「真木は脱出に成功しました」

明田真子からの電話に中林美香は胸を撫でおろした。総理公邸、応接室である。

「いまはどこに?」

「宮古島のホテルで療養しています。ひどい打撲で三日ほどは完全休養を取らせないと、リベンジには出られないかと。沖警のマルボウがひとり一緒ですが、『真木機関』のことは伏せているとのことです。ただし指揮下には入れてあると」

アケマンは淡々と言っている。真木の命には別状がないということだ。

「真木機関の他のメンバーは?」

「那覇のオフィスを撤収して宮古島に集結しています。それぞれが別名を名乗り、観光客として同じホテルに滞在しています。今泉前総理の死因については、新川恵里菜が深くかかわっているのは確かなようです。真木はさらに何かを摑んだようですが、まだ私にも言えないと……黒幕を確実に暴き出したうえで、リベンジに向かいたいとのことです。要領を得ない報告で申し訳ありません」

アケマンが詫《わ》びてきた。

「わかりました。真木さんの回復を待ちましょう。私たちはあくまでもいつも通りにしていましょう」

美香は静かに伝えた。

「それともうひとつ」

　電話を切ろうとしたところでアケマンが続けた。

「はい？」

「西村さんを今すぐ呼んでください。私が出向くよりも、そのほうがよいようです。

西村さんに伝言を託します」

　それだけ言うと、アケマンは電話を切ってしまった。いつもなら、エロ話のひとつもしてから電話を切るのだが、珍しいことである。

　美香は、すぐに補佐官の西村忠孝を公邸へと呼んだ。木曜の午後八時であったが、官邸で執務していた西村は、老体に鞭《むち》を打って駆け足でやってきたようだ。額にびっしり汗を掻いている。オールバックの銀髪もところどころ、乱れていた。

「すみません。仕事に関する件ですから私が官邸にいくべきだったのですが、内密にお伺いしたいことがありまして」

　美香は謝った。

　官邸と公邸は同じ敷地内にあるとはいえ、徒歩十五分ほど離れている。駆けても八分はかかるだろう。齢《よわい》六十五の西村のことだ。心筋梗塞をおこさないとも限らなかった。

「いやいや、総理。こちらでよろしゅうございますよ。官邸には公安の眼があります。私もいまは総理からの呼び出しではなく、公邸に財布を忘れてきたと芝居を打って飛び出してきた次第です」

西村はソファに腰をおろしてもまだ荒い息を吐いていた。

「公安の眼？」

どういうことだ？

「はい。通常勤務の大城補佐官の出向チームだけでなく、五人ほど多く乗り込んできています」

「なんのためですか」

館内電話で秘書官にコーヒーとアップルパイを持ってくるように依頼し、聞き直した。

「明田課長をはじめ総理周辺の女性ＳＰが監視されているようです。ひょっとしたら、私にも監視がついているかも知れません」

「まさか……それが明田課長が西村さんに託した伝言ですか」

「まさに。おそらく『真木機関』は公安にマークされています。今泉前総理の死因を探られるのがよほど都合が悪いのでしょう」

西村が腕を組んだ。空気が張り詰めた。お互いしばらく沈黙する。

五分ほど、そんな時間が流れた。沈黙を破ったのはコーヒーとアップルパイを運んできた秘書官だった。

「お待たせしました」

女性秘書官ということになっているが、実はSPだ。秋川涼子《あきかわりょうこ》。東京都知事担当であったが、真木洋子の特務機関転属に伴いコンバートされてきたのが彼女だ。

「秋川さん、今日、何か変わったことはありませんか？」

「私は変わりがありません。公邸内に不審はありません」

礼をして秋川は出て行った。

「さすがに公邸内には踏み込んできていないようですね。しかし総理、気を付けたほうがいい。公安は官邸内で働く一般職員の中にも潜伏させている可能性もあります。警視庁から堂々と出向してきている連中だけが公安刑事ではないということです」

西村がコーヒーを一口飲んで言った。

「私も監視対象ってこと？」

美香はアップルパイにフォークを立てながら言った。

「あり得ます」

「監視目的は？」

「公安そのものの意志かどうか不明です。それは総理しかチェックできないかと？」

西村もアップルパイを一切れ口に運ぶ。

「わかったわ。それなら、こっちも公安に手を突っ込むしかないわね」

美香は膝を叩いた。コーヒーテーブルの上の三台の卓上電話の一台を取り上げた。公邸と内閣情報調査室《サイロ》の直通電話だ。残りの二台は官房長官室と民自党幹事長室との直通になっている。

「浅川《あさかわ》室長、公安が私とSPにくらいついているようですが、なんででしょうね？凄く、うざいんですけど」

一気にまくし立てた。

「こちらも気になっていたので、逆張りをしていたところです。警察庁《さっちょう》の垂石《たるいし》局長に特に変わりはありません。ただ官邸組の大城補佐官の動きが妙ですよ」

「妙とは？」

「実は、今泉前総理の司法解剖を阻止させたのは彼のようです。香織《かおり》夫人に情死では国家の恥だと、真っ先に吹き込んだのが大城だったんです。本当に情死だったのでしょうか。ホステスとの行為は誰も見ていません。とはいえ火葬された後はどうにもなりませんが」

サイロのトップも疑念を感じていたわけだ。

「大城さんをマークしていただいているのでしょうね」

美香は念を押した。

「そんなことはしておりませんよ」

浅川室長はきっぱりと言った。ともに日本を代表する諜報機関である。そしてライバルでもある。

双方が監視しあっていないわけがないのだ。それでもそれを認める人間はいない。

「そうですよねぇ〜」

美香は頭を掻きながら、生返事をした。

「そうそう、うちに大城武志と大学の同級生がいましてね。彼が言っていた。大城君はここ数年、朝陽トラベルの槇尾洋蔵社長と懇意にしているようです。新自由主義を標榜する槇尾さんとは、さぞかしウマが合うのでしょう。安藤元総理とのゴルフにも同行しているほどの仲らしいです」

浅川が言った。世間話風に言っているが、これはリークだ。

「そう。室長、明日にでも公邸でアップルパイをいっしょにどうですか」

サイロのトップを公邸に呼びこんだとなると、公安は色めき立つはずだ。

「よろこんで」

浅川も伝えたいことがたくさんありそうだ。

「槙尾と大城ですか。見えてきましたね」

西村が笑う。

「私も、ずっと考えていたのよ。槙尾さんて、本当に新自由主義者なのかなって。資本のグローバル化とか言っているけれど、単純にこの国を分断させたいだけなんじゃないかと」

美香が素直な意見をぶつけた。

「総理、よいところに目を付けましたな。極端な貧富の格差は、その国の崩壊を生みます。歴史上、その例はたくさんあります」

西村が我が意を得たりという顔になった。

今泉正和や自分が提唱している『一億総中流への回帰』は、富裕層からの反発を覚悟していたが、実はそれだけではない。

平和な国、ニッポンが戻ってきては困る国があるということだ。

第六章　ルート58＋3

1

プールサイドに陽《ひ》が燦々《さんさん》と降り注いでいた。

「ビッグボス、痛みはだいぶとれたんですか?」

呆《あき》れるほど露出度の高いビキニを着た上原亜矢が、プールの縁から顔を出しながら聞いてきた。

パームツリーがわずかに揺れている。

他にプールで遊泳中の客は若いカップルが二組だけだった。

「おかげさまで痣《あざ》は消えたけど、まだあちこち痛いわ。腕は伸ばせるけど、身体《からだ》を捻《ひね》るとずきずきする感じ」

フラットにしたリクライニングチェアに寝そべったまま、真木洋子は身体を左右に捻ってみた。鈍痛が右の脇腹から肩や首にまで広がった。サングラスをしているので、歪《ゆが》んだ顔までは見られずにすんだ。

「でも、じっとしてばかりいると、筋肉が硬直してしまいますから、水中歩行とかはしたほうがいいと思います。私はだいぶ回復してきました」

亜矢に負けず劣らず、生地の狭い水着の根田翼が、平泳ぎで亜矢の横に近づいてきた。翼も同じように体のあちこちに打撲を負っていたが、すでに回復しているようだ。若さの違いもあるが、彼女のほうが積極的にリハビリに努めていることは事実だ。

「私も、インストラクターからそう言われているんだけど、どうも水に入るのが怖いのよ」

洋子は顔を顰《しか》めた。自分は、イエローにいくつもの花がちりばめられたワンピース型だった。

宮古島の漁業組合に救出され五日が経《た》っていた。

このホテルは宮古島で最も規模の大きなスパリゾートで、沖縄県警の所属である翼がすべてを手配した。

洋子の素性は隠したまま、犯罪被害者のリハビリと称して滞在することにしたのだ。ホテル内のスパに浸《つ》かり身体を温め、専門のインストラクターによるオイルマッサージで丹念に治療をしてもらった。

傷は癒え、仕上げは運動というところまでこぎつけたのだが、なかなかプールに入る気になれないでいた。

これは、ちょっとしたトラウマだ。上海ハニーに拉致されたクルーザーから、北朝鮮の漁船に突き落とされ、無我夢中で闘った。シャブを飲んだことによる、脳の覚醒によるパワーが大きかった。

ただしそれは一時的なことで、日本の漁船に救助される頃にはすでに、シャブの効力は切れていた。そもそも微量を経口使用しただけだ。効果は薄く短い。クスリが切れてからは、逆に恐怖のドツボに落ちた。凪《な》いでいたとはいえ東シナ海の沖合だ。日本の漁船に乗り移り島まで引き戻される間は、船は揺れに揺れ、波も被《かぶ》った。

海や水への恐怖心がトラウマとして残った。

「何ごとも、まずは一発やってしまうことですよ、ボス。せぇーので潜ってしまえば、どうってことないって気づきますよ」

すぐ隣のデッキチェアに座っていた松重が、新聞を読んだまま、ひとりごとのように言う。

「そうだけどねぇ」

処女膜を破った時よりも勇気がいりそうだった。

「それとプールの中のほうが、なにかと話がしやすいです」

「そう」

洋子は気のない返事をした。どうにも腰が重い。

「比嘉が向こうの端にきています。基地に潜り込む手筈《てはず》を整えさせました」

正反対の位置に、比嘉が立っていた。迷彩色柄のトランクス型海パンだ。のどかなリゾートホテルのプールサイドには似合わない、やけに殺伐とした柄の海パンだが、あの男が、さわやかなストライプのパンツを穿《は》いているのもおかしいであろう。

松重がゆっくり新聞を折り畳み、立ち上がった。まっすぐプールのほうを見ている。海パン姿だ。それも日の丸柄の海パンだった。

なんというか、白地に前も後ろも真っ赤な丸印のパンツというのはいかがなものか。オリンピックは去年で終わっているし。

洋子はサングラスのブリッジを鼻の上で少し下げ、まじまじと松重の海パンを正面から見た。日の丸がちょっとテントを張っていた。

「どこを見ているんですか」

「いや、ちょっと」

その視線の先は、プールの縁にたどり着いたばかりの翼のバストだった。

「あっ、翼、おっぱい、見えている」

洋子はリクライニングチェアから跳ね起きて叫んだ。

「えっ」

翼は目を丸くした。

プールの縁に手をかけ水面から上半身を上げた瞬間に、水分を含みすぎて重くなったブラがずり落ちたようだ。左の乳房がポロリと露出する。そもそもブラに対して大きすぎるのだ。

「やだぁ、あんたピンピン勃《だ》ちしている」

隣で亜矢が、その左乳首を突いた。小豆《あずき》色の小さな乳首だ。水中にいたせいか乳《にゅう》暈《うん》がやや縮こまっていた。

「あんっ。感じちゃいます」

翼が身悶《みもだ》えしながら、水中に潜っていった。

「ボス。ほら、神経が違うところに行くと動けるじゃないですか」

松重が、テントが張った日の丸パンツを、洋子に向けながら言っている。

「松《ま》っさん、ハードボイルドのイメージが台無しです。御願いですから、こっち向かないでください。まったくその銃口、いやんなっちゃうわ」

洋子は手で追い払う仕草をした。

もとより松重に南の島やリゾート地は似合わない。この男は歌舞伎町にいてこそ存在感がある男なのだ。

「面目ない。というよりこの海パン、きつすぎて痛いんです」

「どこで買ったんですか、その海パン」

眼をそむけながら聞いた。

「那覇の国際通りです。来日記念に買う観光客、多いみたいです」

――観光客じゃないんだから買うなよ。

と突っ込みたくなったが、止めた。

プールの向こう側で比嘉が手を振り、飛び込んできたからだ。なんとしても新川恵里菜から事情を聴きださねばならない。

洋子は、呼吸を整え、プールの縁へと進んだ。亜矢もターンし、プール中央へと向かっている。

——さてと。

覚悟を決めてプールに飛び込んだ。

両手が水面にあたるとき、一瞬トラウマが蘇《よみがえ》った。水が怖かった。だが頭が水中に入り、そんな恐怖もすっと消えた。

松重が言った通り、入ってしまえばどうにかなるという、たいそうな次元のことではなかった。

単純に、目の前で繰り広げられている光景に呆れたのだ。

プールの中央。

まずは、ビキニのブラを付けなおそうと、翼が格闘していた。うまくカップを被せることができず、動いている間に、反対側も外れてしまったようで、上半身ヌードになっていた。

それはまだいい。

比嘉だ。トランクス型のひらひらした水着をつけていたので、てっきり内側にサポーターを付けているとばかり思っていたのだが、そうではなかった。なにもつけていなかったのだ。

水中で下方からの浮力に舞い上がったトランクスの裾からは、あろうことか金玉が覗《のぞ》けている。

最悪だ。

おっぱいを出して水着と格闘しているマルボウ刑事と、金玉をゆらゆらとさせながら泳いでくる準暴力団の幹部のコラボレーションなど、誰が見たいものか。

それでも、ぶくぶくと泡を立てながら、洋子はプールの中央に進んだ。比嘉の金玉が眼前に迫ってきたところで顔を上げた。

「あなた、サポーターぐらいつけなさいよ！」

「プールの中での打ち合わせなんて、聞いていない。パラソルの下で、佐世保バーガーでも食いながらやるもんだと思っていましたよ。これ普通の下着だから、仕方ないでしょう」

比嘉がぼやいた。ゼイゼイ言いながら立ち泳ぎをしている。ヤクザや半グレは運動不足だから基本、体力はないのだ。

「プールサイドに全員が集まっているのは不自然だ。それぞれ別々にチェックインしていいるんだからな」

クロールでカップル客を押しのけてきた松重が、背泳ぎに変えながら言っている。日の丸が水面に浮かんだり沈んだりしていた。

「命令通り将校の奥さん、ナンパしましたよ。ハメ撮りしました。けれど、まだそれで脅しはかけていませんよ。亭主に泣きつかれたら、逆に俺が拉致されて、基地内でリンチくらうかもしれない」

比嘉も背泳ぎに変えた。

洋子も背泳ぎにした。反対側から平泳ぎで接近してきていた亜矢も背泳ぎになる。

洋子たちとクロスする感じになる。

翼だけが、背泳ぎになれずにいた。平泳ぎだ。

傍目《はため》にはそれぞれが勝手に泳いでいる雰囲気は出ている。

「ハメ撮りは最後の手段として使うことね。夫人をひきつけていられる自信はある？」

洋子はパームツリーと空を見上げながら聞いた。

「一回だけしか寝ていません。テクは駆使したつもりです。もう一度はせがんでくるはずです。爆風連合では武闘派って言われていますが、これでも枕ホストの経験もあるんですよ。恐喝のシノギよりも、そっちのほうが効率いいですから。俺たちは別に俠気《おとこ》を売っているわけじゃない。稼げたらいいんです」

比嘉が自信ありげに言った。

「ここが刃物より切れ味があるってことね。潜望鏡……」

いつの間にか比嘉の横に忍び寄ってきていた亜矢が、トランクスの中から肉棹《にくざお》を引き出し、握っていた。

「おいっ、よせよ、チ×ポの先が見えるじゃねぇかよ」

「背泳ぎしながら、発射するって、よくない？　クジラみたいで」

亜矢が扱《しご》き始めた。

「あほ抜かせ、だったら、てめぇもクジラにしてやる」

比嘉の手も亜矢の股間に伸びた。

ビキニの股布を寄せて、人差し指を突っ込んでいる。

「んんん。いきなり入れますか？　でもこれなんかいいね。ふたりで飛ばしてみる。白いのと透明なのと、どっちが上に飛ぶか」

亜矢が手筒を動かし始めた。

「負けねぇ。ぜってぇ負けねぇ」

バカがふたり、背泳ぎしながら、腕をクロスさせた。

「で、比嘉君、段取りはどうなるわけ。飛ばす前に教えてちょうだい」

洋子は平泳ぎに戻しながら、小さく叫んだ。

「来週、レストラン『シーサイト』にエレーナを連れ出させます。連れ出してくれたら、そのままルート58のラブホでやるってことで、相手もその気になっています、ドイツから転属になったばかりの将校の奥さんですから、ちゃっちゃとやってしまえば、倉田が気付く前に、エレーナを奪還できます」

比嘉はまだ新川恵里菜のことをエレーナと呼んでいる。

「ありがたいわ」

洋子は素直に礼を言った。準暴力団の幹部とはいえ、この男がいなければ、真相を握る女を、治外法権の場所から、この国に連れ出すことは出来ないのだ。

「ビッグボス。今後も、俺らの力になってくれんだよな」

比嘉は、亜矢の股間に差し入れた手首にスナップを利かせながら言っている。

「沖縄の地元勢力と共存共栄の協定が出来ている限りはね」

洋子は、侵略にならないようにくぎは刺しておいた。

「それと薬物はNG。ルートを見つけたら、リークして」

ノーブラのまま浮き上がってきた翼が言った。

「クスリの件はあくまで、茉菜が独自にやっていたことだ。心配いらねぇ。リカルド長嶋は、マニラに逃げ帰ったそうだ。あいつの北谷《ちゃたん》のマンションは俺たちが抑えた。あんたが摘発したことにすればいい。当然、バンドマンルートは途絶えることになるだろう」

「わかったわ。だったら、沖警としても、比嘉グループは与党ヤクザとみなすわ」

翼が言った。手ぶらで立ち泳ぎしながら言っているので迫力はなかった。

洋子と松重は、さっさとプールサイドにあがった。

パラソルの下へ入る。ウエイターにバドワイザーを頼んだ。

「新川恵里菜をかっさらったら、倉田の尻にも火が付く」

言いながら、松重がバスタオルを差し出してくれた。

「そうね。一気に私たちを潰しに来るでしょうね」

洋子は、渡されたバスタオルで頭を拭きながら、笑った。

「さて、どこが出てくるやら、ですね」

とテーブルの上でスマホが震えた。液晶に【JII】と浮かんでいる。第百一代総理大臣、中林美香に対する符牒《ふちょう》だ。

電話に出ると同時に、プールの中央で、大きなしぶきが二本、上がった。わずかに白い汁が先だった。続いて透明な潮。亜矢の勝ちってことだ。

「はい、総理」

二本の潮吹きを眺めながら、洋子は内閣総理大臣の電話に出た。

「来週、沖縄に行こうと思うのよね。警護についてくれるかしら?」

「もちろんです」

「久しぶりに、一緒にやれるね? J《ジー》・I《アイ》・I《アイ》」

総理大臣が色っぽい声をあげた。

「それアルファベットで区切ったから、お洒落になるというものでもないと思いますが」

「そうかな、第七十四代総理大臣の孫が、テレビでよくこういうフレーズ使うじゃない」

それは、総理大臣の孫を売り物にしている男性タレントだ。いちおうロックバンドのヴォーカルであるが『消費税を導入した総理の孫』という印象が最も強い。

だが、J・I・Iとはいわないだろう。

「彼のはいくつかの言葉を略していっていますが、総理のは、まんまですから」

「オー・エヌ・エー・エヌ・アイならいいのかな。最後の音引きはどうするの？　Yでいいの」

くだらなすぎる。スペルのままだ。

「そんなことどうでもいいです。それで来沖の日程は出ているんですか？」

「ええとね……」

それからしばらく総理の来沖スケジュールとその目的について説明を受けた。政治的成果はほとんどないのは承知のうえで、洋子たちの任務を側面から援助するために、陽動作戦に出ようとしてくれているのだ。

2

「アラン、彼女なら連れてきたわよ」

嘉手納マリーナに面したレストラン『シーサイト』。空軍中佐夫人キャロルは、満面に笑みを浮かべてやってきた。背の高い白人。ブロンドだった。

「アラン？」

洋子は思わず、比嘉の横顔を見た。

「ヒガーじゃ、なんかタバコみてぇだからさ。外国人には、ちょっとフランスっぽい名前にしてる」

比嘉がキャロルに手を振りながら言っている。お互いコーラを飲んでいた。

「誰、この女。アラン、私、3Pも4Pもしないよ」

テーブルの前に進んできたキャロルが、洋子を眺め、眦《まなじり》を吊《つ》り上げている。その背後に手首を掴まれた恵里菜が立っていた。花柄のワンピース。表情は暗い。

「ごめんなさい。私はエレーナの姉です。事情があって引き取りに来ました」

洋子は、すぐに立ち上がり弁明した。

「キャロル、そうなんだ。そのエレーナって子は、逃亡したリクリエーション課職員に騙《だま》されてここで働かされていた。姉さんに引き取らせてやってくれ」

比嘉がゆっくりした英語で言った。ブロークンだが、発音はいい。身体で覚えた英語らしい。

「そうだったのね。どうもシアター担当のサンダース伍長の様子が変だと思ったわ。私、アランのアドバイス通り、エレーナに日本語を習いたいから、ちょっとレストランで相談させて、と言っただけなのに、物凄《ものすご》い抵抗だったの。最後に、じゃぁ夫から課長に頼んでもらうと言ったら、彼、慌ててエレーナを呼んでくれた。サンダースのこと、夫に処分させましょうか」

キャロルの表情が穏やかになった。さすがは中佐夫人だ。夫の階級に物を言わせてねじ伏せてくれたようだ。

「いや、キャロル。それは我々のためにも黙っていたほうがいい。レストランで語った後のことは知らない。エレーナは基地内に戻ったはず。それでいいさ。そもそもエレーナはブッキングエージェントだ。基地内に滞在しているほうがおかしいわけだから」

比嘉が説得している。

恵里菜はただ青ざめているだけだ。

「新川さん、先週、私がやられたのを見たでしょう。次はあなたが、どこかの国に売られるのよ。しっかり意志を持ちなさい」

洋子は恵里菜に早口の日本語で伝えた。恵里菜は頷《うなず》いた。意を決したような表情だ。

「ミセス・ロビンソン。この人が、言っていることに間違いありません。姉です」

恵里菜が流ちょうな英語でキャロルに説明した。ついでにリカルドという男に、まずい写真を撮られて、脅されていたのだと訴えた。

「そのリカルドは逃亡したわ」

洋子が付け加える。

「OK。すべて理解しました。つまり、私はここでアランと食事をしているだけでいいのですね」

「そういうことです。ごゆっくり。ルート58で素敵なドライブをお楽しみくださいな。くれぐれもサンダーズ伍長には、エレーナは基地内に戻ったと」

洋子は、恵里菜の肩を抱き、出口へと向かった。急ぎ足でパーキングに向かう。

「これで倉田に伝わるのは、少し遅れると思う」

独りごつように言い、駐車していたトヨタプリウスのドアを開けた。レンタカーだ。

恵里菜も素早く助手席に潜り込んだ。

プリウスは、速攻、国道58号線へと出た。那覇へと向かう。抜けるような青い空に向かって走っているような気分になる。

世界はさまざまな問題を抱え、いまにも核戦争が起こりそうだというのに、この島の空は、あっけらかんとしている。爽やかさも度が過ぎると、ちょっとイラつく。都会人の余裕のなさが露呈しているのかもしれない。

「あの、逮捕されるんですね？」

三キロほど走ったところで、恵里菜が不安げに聞いてきた。

「とりあえず、二月に永田町のホテルであったことを話してちょうだい。これは任意の聴取です。世間話をしていると思っていいわ」

洋子は陽気に言った。道はまだすいていた。

「まだ、百パーセント信用できないです」

「困ったわね。あまり時間がないんだけど」

洋子はルームミラーを見ながら苦笑した。

背後からハーレーダビッドソンの一団が迫って来ていた。

五台はいる。

フルフェースのヘルメットを被《かぶ》っているので、人相はわからない。つまり日本人か米兵かも区別がつかないということだ。

「どんなに真実を言っても信じてもらえないと思うんですよ」

「だから、倉田の口車に乗って、米軍基地に逃げ込んだのね」

左手にハンバーガーショップが見えてきた。ドライブスルーだ。洋子はウインカーを出した。スローダウンし、バーガーショップのドライブスルーラインへとそれていく。

「そうしないと、私は殺人罪で逮捕され、状況証拠だけで有罪にされてしまうじゃないですか！」

恵里菜が涙目になっている。そう信じ込んでいるようだ。

「今泉前総理の死因については、十年間公表されないように手が打たれているんだけど」

「えっ？　そんなことは私はまったく知りませんよ」

恵里菜がこちらを向いた。本当に知らないようだ。

「一般人は知らないことよ。でも特にあなただけには知られたくないから、米軍基地に囲ってしまったんだわ」

推測でぶつけた。間違いなく当たっている。証拠のほうからやってきたのだから。

「それってホントのことですか」

「後ろを見て」

恵里菜はすぐに振り返った。

「いやぁあああああ」

背後に鉄パイプを持ったバイク乗りが迫っていた。洋子は躊躇《ちゅうちょ》なくバックギアに入れた。白のプリウスが急バックする。

「おえっ」

真夏なのにライダースーツを着た男がウイリーしたままのけ反った。その背後にいた四人のライダーも将棋倒しになる。

ハーレーダビッドソンから振り落とされた男たちがコンクリートの上に転がっていた。

プリウスをUターンさせた。ドアポケットからこんな時のために用意していたラッカースプレーを取り出した。

色は黒。しかも速乾性だ。

サイドウインドウを下げ、右手を伸ばして男たちのヘルメットのフェースに次々にスプレーする。

「オー、ノー」

突然、目の前が黒闇になってしまった男たちは、メットを脱ぎ捨てた。いずれもブルーアイズにブロンド。白人ばかりだった。

「シアターにいたリクリエーション課の連中ばかりだわ。みんな優しかったのに」

恵里菜が、顔を歪めた。

「ねっ、あれが本性。倉田とつるんでいる連中だと思う。あなたが彼らの輸送機で連行されたら、日本の警察は手出ししようがないし」

諭すように言った。プリウスは国道58号線に復帰していた。アクセルを思い切り踏み込む。

「いますぐ私を逮捕してください！」

恵里菜は絶叫するように言った。

「わかった。とにかく話を聞かせて」

「私の商社時代の元カレが、倉田さんの大学の後輩でした。カレが、弱みを握られていたんですよ。それで売られたんです。西麻布の会員制バーで……」

恵里菜はそこで声を詰まらせた。おおよその想像はつく。

「それで言われるままに動いたと」

「はい。銀座で働くように命じられました。そこで今泉さんの担当になったんです」

それに関しては偶然であろう。恵里菜が今泉に見初められたということだ。

「本題に入るけど、二月十八日に永田町のCホテルには、誰かの命令で？」

洋子は何度もルームミラーを見ながら質問をしていた。いまのところ、追手は見えない。

「今泉さんから直接です。ひと月に一度ぐらい呼ばれるんです。あっ、セックスじゃないですよ。本当に、気晴らしのおしゃべりをするだけです。今泉さんは、執務のストレスもありますが、私を呼んで、モニタリングするんです。側近とばかり話していると世間から離れると。銀座時代から私たちホステスの声に耳を傾けていたんです。総理になられてからは、銀座に足を運ぶわけにもいかないので、逆にホテルに呼ぶようになったんです。断じてセックスはしていません」

「ホント？」

思わず聞き返した。

「ほら、そこから信用しないじゃないですか。だから私、いくら弁解しても無理かなと」

恵里菜の声は消え入りそうだ。

「ごめん。あなたを信じる。だから続けて」

「いつものように先に部屋に入って待っていました。お茶は総理がいらしてから頼む習慣だったので、私は室内の冷蔵庫にあったミネラルウォーターを飲みました。というのも、総理と会うときは、飲み物類も持ち込んではならない決まりになっていたからです」

これは理解できる。暗殺防止のためだ。

「入るときにチェックは誰が？」

「ＳＰさんです。あの日は男性でした。顔見知りでしたが名前は知りません。私はもう慣れていましたから、荷物は何も持たずに行きます。ですからボディチェックとかもなかったです」

当日の担当ＳＰは森川信勝だったはずだ。

「ミネラルウォーターにミンザイが入っていたとしか思えません。数分後に今泉さんが入ってきたときにはまだ意識がはっきりしていたのですが、お茶が来る頃にはもう落ちていました。ＳＰさんに起こされたときはベッドの上です。私たちは裸でした。今泉さんは失禁したまま痙攣《けいれん》していました。口から泡のような涎《よだれ》があふれていました。私は、もうなにがなんだかさっぱりわからなくて。信じてくれますか？」

「信じるわよ。嘘《うそ》だったらわかりやす過ぎる」

おそらく冷蔵庫の中のミネラルウォーターはすべてミンザイが仕込まれていたのだろう。そして、今泉前総理の死因は神経ガスの噴霧。おそらく旧ソ連製のノビチヨクではないだろうか。

「いきなりSPさんに『おまえ、なにやったんだ？　えっ？　こら、騎乗位とかで激しく腰を振りすぎたんじゃないのか！』とか罵声を浴びせられて」

「当然否定したんでしょう」

「どこかから、SPさんに電話が入りました」

「でSPは？」

「『とにかく、あんたがここにいたんじゃまずい。いなかったことにしてもらう』と大きな箱が用意されました。私は混乱していましたが、この状況がまずいというのはわかりました。箱に入って、運び出されました」

「なにかSP同士の会話とか聞かなかった？」

「私を起こしたSPに誰かが『並んでいる写真は撮ったのか？』と聞いていました。SPさんは『ちゃんと撮っています』と」

「その相手の名前は聞かなかった？」

「大城さん、と言っていた気がします。はっきりしません。その男は『ばか、クソを打ってから黒箱に入れろ』とも言っていました」

大城だ。やはり公安から出向の大城武志が絡んでいた。

「それで、眠らされてしまったのね」

「そういうことです」

これで大城と森川が絡んでいることが裏付けられた。問題は動機だ。

「あなたの言っていること、百パーセント信じるわ。もうひとつ聞きたいんだけど、銀座の『桜宵』ってどんな店だったの？　事件の直後に照枝ママはフロリダに消えてしまったみたいだけど、彼女も雷通の倉田の女？」

「いいえ。『桜宵』の裏オーナーは、『朝陽トラベル』の槇尾さんですよ」

恵里菜があっさり言った。

「なんですって？　槇尾洋蔵なの？」

「そうです。あの店には決して来ませんが、政財界の情報はすべて槇尾さんに上がる仕組みです」

洋子は合点がいった。

保守系の民自党にあってリベラル志向の強い今泉正和が邪魔になったのだ。

「新自由主義派の権化だものねぇ。それで米軍のルートも確立しやすかった、と」

洋子は独りごちた。

「違いますよ。あの男は新自由主義者でも親米派でもありません。私、知っているんです」

恵里菜が唇を噛《か》んだ。

「あなた、槇尾と寝てたのね」

「……いつか倉田や元カレにリベンジしようと、もっと権力のある男を籠絡《ろうらく》しようと……相手はもっと上手でした」

那覇の中心部が近づいてきた。

「あなたを最も安全な場所に隠してあげる」

「どこですか？」

「新宿のヤクザよ。関東舞闘会神野組。公安も手が出せない特別プロジェクトよ」

「あなた刑事なんかじゃないんですね！」

「信用しなさいよ」

説明している暇はなかった。すでに神野組の車が国際通りに到着していた。パーキングの隅で若い衆に無理やり引き渡す。

「結局はあなたたちも倉田と同じじゃないですか。私を歌舞伎町のソープに落とすなんて、もったいないと思いませんか。もっと使い道を考えてください」

「だから、ソープになんか落とさないってばっ。匿《かくま》う場所として刑務所も考えたんだけど、国家権力が絡んでいるとしたら、刑務所もヤバいでしょう。その人たちの家のほうが安全だから」

喚《わめ》きまくる恵里菜を宥《なだ》めて、とにかく神野組のワゴンに押し込んだ。たぶん、コンテナ船に乗せて横浜まで運んでくれる。あとは城塞のような組事務所の中で、事が済むまで大切に保護される。

関東舞闘会は東日本最大の任俠《にんきょう》団体だが、洋子は会長と昵懇《じっこん》である。護《まも》ると言ったら、命がけで護ってくれる。

さて、あとは倉田が動き出すのを待つまでだ。

3

曇り空だった。

「倉田が昨日、那覇に入りました。表向き沖縄サンシャインテレビの自主制作ドラマの完成祝いと称してきますが、今夜米軍関係者と接触するようです。俺らに護衛を依頼してきました」

比嘉が言う。

桜坂劇場の前を歩きながらだ。動きながら会話するのが最も安全だ。前回は泳ぎながら、今回は歩きながらだ。

「それ、ブツの取引ですね。バンドマンルートが途絶えたので、別な方法を作るための打ち合わせだと思います。私も現場に行かせてください」

根田翼が、ガムを噛みながら言う。

「わかったわ。アラン君、場所はわかる?」

「アランはやめてください。ブッチャーのカフェの近くです。たぶん車を止めて、窓越しの会話になるはずですよ」

比嘉が予測を立てた。

「そっちの護衛隊に混ぜてもらえるかしら」

「了解です。ただし、これが囮《おとり》ってことも忘れないでください。俺とあんたがつるんでいるのももうお見通しかも知れない」

「いいのよ。逮捕するわけじゃないんだから」

正面から松重が歩いてきた。赤いアロハにカンカン帽。丸型のサングラスをかけている。まるで昭和のヤクザだが、松重にはプールサイドの海パン姿より似合っている。イヤホンをしているのだが、補聴器に見える。

すれ違いざま、松重が大きくうなずいた。

武器が調達出来たということだ。

「逮捕しないんですか？」

比嘉がきょとんとした顔になった。

「しない。消しちゃう」

洋子は松重の口調を真似《まね》て言った。

そのままぶらぶらと歩いた。自動車修理工場の前につく。

「そこの二台、使ってください。バイクよりビッグスクーターがいいんでしょ」

工場の隅に、ビッグスクーターが並んでいた。いずれもヤマハのトリシティ300。

洋子にはぎりぎり操れる代物だが、股を開いて乗るバイクよりは好きだ。

「翼は、こんな大きなの平気？」

「私、白バイ隊にもいましたから。おっぱいが大きすぎて、向かなかったようですが」

しゃらんと言っている。おっぱいの話はどうでもいい。

「ではこれで決定ね」

洋子と翼はヘルメットを被り、すぐにエンジンをかけた。そのまま乗って出る。

ヘルメットの内部にはインカムが仕込まれていた。

「ルート58に刑事三人で出向くから58＋3作戦。奴らの計画をゴハサン」

「笑い取らないでください。ダジャレいりません」

翼の声が鮮明に聞こえてくる。感度良好だ。洋子はそのまま市中を走行した。グリップやシートの感覚を確認した。

ヘッドライトと警笛《けいてき》には、常々用いる仕掛けがしてある。

夜になった。突然の土砂降りだ。亜熱帯地方独特の気まぐれ天気だ。日中でも晴れたまま激しいスコールが普通にやってくる。

「俺らの最後尾についてきてください」

濃緑色のポンチョを着た比嘉が、片手をあげた。同じ格好をした若者が十人集合していた。彼らは全員七百五十ccのオートバイだった。

洋子と翼は黒革のライダースーツだ。

松重だけが別行動で、先回りしている。

全車58号線を北谷《ちゃたん》に向かった。全車爆音を上げている。洋子はちょっとわくわくした。すぐ脇を翼が走行している。雨なので、お互いヘルメットのフェースシールドを上げて走った。

国道を右折すると外国人住宅街が接近してきた。

いつの間にかバイクは、濃紺のメルセデスステーションワゴンを取り囲むように走行しだしていた。

ドライバーズシートにいるのが倉田のようだ。バイクのヘッドライトに時折映し出される横顔は、卑猥《ひわい》極まりない。洋子と翼は即座にフェースシールドを下ろした。

ブッチャーのカフェの付近まで近づくと、正面にカーキ色のジープが見えた。米軍所有を表すYナンバーだ。

ステアリングを握っているのは、見覚えのある黒人だ。洋子たちが、リカルドの手配で初めて基地内に乗り込んだときに、トラックの荷台に向かって手を振っていた黒人だ。

比嘉がその姿を認めて、スローダウンした。フルフェースのヘルメットを被っているとはいえ、キャロルと会った時のことを覚えている可能性がある。

メルセデスとジープがクロスする形で停車した。お互いの窓を開けて、親指をたてた。雨音が高まった。

「サンダース。方針変更だ。リッキーに代わる担当を紹介する。今後はこいつを基地内で使ってくれ」

　倉田の親指が比嘉を指した。

「えっ」

　比嘉が動揺している。

「サンダースに挨拶だ。比嘉、顔を見せてやってくれ」

「俺がですか？　倉田さん、聞いてないですよ。俺にはムーンの仕事が……」

「ムーンの社長は、そこにいる玉城《たましろ》と交代だ。別段、俺が仕事を割り振るだけだから誰が社長でもいいのさ。それより中の仕切りだ。リッキーのように、バンドマンには知れずに、楽器ケースに隠さないとならない。いまんとこ要領よくやれそうなのはお前しかいないだろう」

　雷通マンとはおもえない、マフィアのような口ぶりだ。

「そうですか。わかりました」

　比嘉もそれ以上、抵抗するのが不自然と思ったのか、ヘルメットに手をかけた。

　土砂降りの中で、素顔を晒《さら》す。

「ハーイ。サンダース。寿人《ヒサト》だ。よろしくな」

　その瞬間、ジープのヘッドライトがハイビームになった。サンダースの顔が見えなくなる。

「萩原真人《はぎわらまさと》だな。潜入捜査はそこまでだ」

ナチュラルな日本語が聞こえてきた。ジープの向こう側に誰か立っているようだ。

予想外の展開になり洋子は息を呑《の》んだ。

「なんのことかな?」

比嘉が首を傾げている。

「ざけんなよ。てめぇ、比嘉寿人にうまくなりすましたよな。本物の比嘉は十三年前にマニラで戸籍を買ってフィリピン人として暮らしている。お前は警察学校で訓練を受けたのち、横浜に飛んで比嘉となり代わった。爆風連合の幹部になって、チャイナマフィアの動向を探っていたってわけだ。倉田もまんまと騙された。あぶねぇところだったよ。なぁ、俺、外事二課でおまえの先輩なんだよ。公然部門だけどな」

「その声大城先輩っすね。非公然部門のスリーパーの身分は明かさないのが、公安の不文律なはずでしょう。こっちは十三年もかけて、中国国家安全部の工作員が日本の半グレ集団に潜り込んでいるのを探しているんですよ。あいつらは半グレの立場で、米軍や警察に接近している。大城先輩、どうやらあんたもチャイナレッドに染められちまっているようですね」

　比嘉、いや萩原が不敵に笑った。

「やった者勝ちのこの国が、いやになってな。民主主義国家と言っても、所詮は弱肉強食の世界だ。それなら、いっそ専制国家で、独裁者の下にみな平等のほうがいいだろう」

「狂っている。先輩、プーチンかよ」

　萩原が吐き捨てるように言った。

「悪いが、お前は基地内にしばらく監禁する。そこから、売り先を考える。サンダース、押さえろ」

「米兵が中国の工作員の肩を持つとは……」

　そういう萩原の前にサンダースが躍り出てきて、銃口を突き付けた。軍人だ。銃はいくらでも持っている。

「俺たちもアメリカじゃ、伸びしろがないんだ。自由競争は不自由でね」

　さすがに萩原も両手を上げた。

　黒い影がすっと前に出てきた。大城だ。

「真木さん、あんたもここで終わりです。もう泳がせておくわけにはいかなくなったんです。核心に接近しすぎましたね」

「今泉さんはそんなに邪魔でしたか」

「政治的にはどうでもよかったんですよ。でもね。ある人の情報を掴みすぎちゃったんですよ」

「なるほどね。恵里菜から槇尾さんの正体を聞いちゃったわけね」

「そういうことです。それは困りますよ。日本に分断社会を作ってくれる張本人なんですから」

じりじりとオートバイの輪が狭まってきた。轟音《ごうおん》を立てながら、洋子と翼の周りをぐるぐると回り出す。

「翼、逃げるわよ！」

洋子は、ビッグスクーターのヘッドライトをハイビームにした。百万カンデラの閃光《せんこう》が走る。

「うわぁああ」

サンダースが悲鳴をあげてその場に倒れた。もろともだったので、萩原も目を押さえてしゃがみこんだ。だが萩原はバイクの仕掛けを知っていたので、本能的に眼をそらしていたらしい。気絶はしていない。路上を回転しながらバイクに向かっている。バイクに乗っていた萩原の元部下たちの数人も光を受けてしまったようだ。

「見えねぇよ。何も見えねぇよ」

喚いたまま、バイクから飛び降り道路にうずくまった。コントロールを失ったナナハンが暴走し転がっていく。

「そんなフラッシュ・バンなんか俺には通じねぇ」

大城が、下を向いたまま言う。翼に飛び掛かった。

「いやっ」

手首を摑《つか》みジープに引っ張りこんでいる。

「翼を離しなさい！」

洋子は警笛を鳴らそうとした。

「そんなもの鳴らしても、自滅するだけだ。公安を舐《な》めるな。この女の鼓膜が破けるだけだ」

大城はすぐにイヤホンをした。

「ちっ」

松重はどうした？

メットの中のマイクを通じて松重にも事情がわかっているはずだ。

「583、583」

洋子は緊急事態の符牒《ふちょう》を伝えた。

「ボス、この雨で、うまくドローンが飛ばせねぇ。ちょっと粘《ねば》ってください。この雨じゃ火力も弱い」

そんな声が聞こえてきた。

粘り切れないってば。

いきなり背中を蹴られた。光を見なかったバイク乗りが数人残っていたのだ。

洋子はつんのめった。ビッグスクーターから転げ落ちる。ヘルメットが脱げて転がった。これで松重にも状況説明ができなくなった。

目の前でメルセデスの扉が開き、のっそりと倉田が出てきた。

「あんたも、赤い国側についてしまえばいいだけのことだ」

いきなり腰や足を蹴り上げられ、メルセデスの後部席に追い込まれる。

雨が止《や》むまでだ。時間稼ぎだ。懸命に抵抗するしかない。襲ってくるものから、身を護るのは自分自身しかない。

「ふざけないで。この変態野郎が！」

後部席へ乗り込んできて淫行に及ぼうとする倉田の股間を蹴った。玉蹴りだ。

「へへへ。ぜんぜん平気よ。俺は筋金入りの強姦野郎《ごうかん》でね。女を姦《や》るときは必ず鉄サポーターをつけてくるのよ」

ニタニタ笑いながら、ライダースーツの前ファスナーを下げてくる。この蒸し暑さに下着はつけていなかった。

「くっ」

自分で言うのもなんだが熟れた乳房が露出された。身体は、年齢相応に熟れてはいるが、性的には未熟だ。

業務上過失挿入以外でまったくやっていない。プライベートエッチなどまるでないのだ。

乳首を吸われる。倉田の紫色の下卑《げび》た唇は、見るだけでもおぞましいのだが、吸盤のように吸い上げられ、舌先でチロチロと舐めまわされると、自然と腰が浮き上がり、背筋をそらせてしまうのが、悔しくてたまらない。

女の肉体上の構造の問題で、脳は断じて拒否している。

というより、たまらなく恥ずかしい。

「んんんっ」

左右の乳首を交互に舐めしゃぶられ、喘《あえ》ぎ声を上げてしまった。史上最大の恥辱だ。

「いやぁあああああ。パンツ脱がさないで！」

ジープのほうから、翼の泣き叫ぶ声が聞こえてきた。

大城も倉田も、セックスシーンの動画を撮影し拡散すると恫喝《どうかつ》するのが、常套《じょうとう》手段だ。

このメルセデスにもカメラが付けられているはずだ。

「うっ」

ライダースーツのファスナーが最下部まで下げられた。陰毛が見える。きれいに処理はしているが、湿気を帯びて生臭い香りをあげている。

死ぬほど恥ずかしい。

「いやっ」

思い切り身を捩《よじ》った。そのせいか肘で倉田の頬を突く形になった。

「ぐわっ」

倉田の顔が歪む。だが結果的にこれは倉田の欲情に火をつけることになってしまった。

「舐めんじゃねぇぞ。キャリアの姉ちゃん。ぶち込まれたら、どんな気位の高い女でもビッチでも同じ声を出すんだ！」

　歪んだ女性観の持ち主だ。ライダースーツをずいずいとずり下げられた。ひざ下まで下がる。

「キャリアを気位の高い女だと決め込むところが、あんたらしいわね。雷通マンは偉いんだって思っているでしょう」

　洋子は倉田を撥《は》ねのけようとした。ライダースーツが足首に絡まって、思うように動けない。

「ふん、わかったような口をききやがって」

　足首に脱げかかったライダースーツが絡まったまま持ち上げられ、身体を丸めこまれた。どうにも動けなかった。

　女の一番見せたくない亀裂が、倉田に向いた。

「ぬらぬらしている」

　ぼそっと言われた。気持ちが萎《な》える。倉田はそのままズボンを脱いだ。鉄のサポーターというより貞操帯のような物を外し男の砲身を向けてきた。顔は悪党そのものだが、砲身はピンクで小心者な感じだった。

　そいつが亀裂にずいっ、と入ってきた。

わわわ。

覚悟を決める前にに入ってきた。んんんっ、人生三度目の業務挿入。

ずんちゅ、ずんちゅと抜き差しされながら、洋子は倉田の睾丸《こうがん》に手を添えた。

「ほら、なんだかんだ言っても、金玉を撫でまわしたくなっただろう」

倉田は、にやけた顔で腰を送り込んでくる。

「撫でないわよ。握るの」

掌《てのひら》の中央に皺玉《しわだま》を置き、ぎゅっと握ってやった。ゆで卵とか、なんかそんなものを握りつぶす感触に似ていた。

「おわぁああああああああああああああっ」

倉田が白目を剝《む》いた。それでもさらに力を込めた。ぎゅっ、ぎゅっ。金玉潰し。

「うわぁああ、やめろやめろ。ぐがががが」

倉田の肉茎が、膣《ちつ》の中で大きく膨らみ、何かが飛んできた。びゅんっ。

「はい？」

洋子は挿入経験があっても、射精経験はなかった。

「いやぁあああ」

頭にきたので、金玉が破裂するほど握りしめた。怒りのこぶしだった。

「ぐふっ」

倉田が口から泡を吹き、シートの下に転がり落ちた。

ずぽっ。砲身が抜け、洋子はしばし放心した。息を整えながらライダースーツを着なおした。

「処女ですから〜」

翼の声がした。

＊

「いやいやいやっ。そんな大きなもの絶対入りませんって！」

根田翼は、泣き叫んだ。

「ほら、カメラに向かって笑顔を作れよ。気取ってんじゃねぇよ。びしょ濡れのくせに」

大城が、スマホを向けている。禍々《まがまが》しい黒いナマズのような巨根が、自分の身体の中心に刺さりつつあった。

「濡れても、入りません！　私、処女なんです」

翼は眼を大きく見開き、訴えた。むりやりこじ開けられ、亀頭の半分ぐらい入ったところで、止まっていた。大城がいくら押し込んでも、孔《あな》が狭くて入らない。当たり前だ、指すら入ったことがないのだ。

二十八歳。男に縁がなかったわけではない。ただ何となく最後までやる機会がなかったのだ。中学からずっとレスリング部で体育会系女子だった。男子と身体を触れ合ってもすぐに技をかけたくなってしまう。

絞め技を決められた男子は、二度と言い寄ってくることはなかった。警察学校でも多少色恋はあった。だが、どうしても格闘技の話に花が咲き、エロモードにはならなかったのだ。

地域課警官時代、合コンといえば自衛官か消防士が相手だった。互いがどれだけ飲めるかばかりを競い合い、最後は全員が寝てしまうのがオチだった。

翼としては、普通のサラリーマンとか高校教師とか、そんな人と交際したかったのだが、マルボウ刑事になり、潜入捜査となると、今度は自分の気が張って、だれとであっても身体の関係をもつ気にはなれなかった。

エロい格好をするのは処女であることへの反動だった。そう思われたくないので、ついつい露出の高い服や水着になる。

けれども私は、今回出会った上原亜矢のようなビッチではない。

「ホント、ちいせぇな」

大城が懸命に押し込もうとしている。

「初めてなんだから、もう少し慣らすとか、ゆっくり入れるとか、工夫してくださいよ」

もはや腹はくくっていたが、入らないものはしょうがない。

「翼！」

警視正の真木洋子の声だ。

「助けてください！　ここです！」

翼はジープの助手席から懸命に声を上げた。

ジープの扉が開いた。大城の背中側だった。

「大城っ、あんたを許さない！　くたばれっ」

ビッグボスが、大城の背中に肘打ちを見舞ってきた。

「あうっ！」

大城がぐっと前にせり出してきた。入り口で立ち往生していた巨根がずぼっと入ってきた。

パンッと破裂音が鳴った。

「いやぁあああああ、処女膜殉職しちゃいましたぁ。痛《い》たたったたっ」

翼は、身体が真っ二つに割れるような錯覚を得た。

「痛てぇ、痛てぇのは俺のほうだ。うぅうう、抜けねぇ。動かねぇ。緩めろ、おいっ、根田、緩めろ」

大城の額から大粒の汗が流れてきた。ぴちゃっと小さな乳首に当たった。

「あんっ」

甘い衝撃で膣がさらに締まった。私、乳首は感じる。

「うがぁあああ。チンポが窒息する！」

大城がもがいた。

「翼、そのまま離さないでよ。それ生手錠《なまわっぱ》だからね。あなたお手柄よ」

「警視正、なに、わけわかんないこと言ってるんですかぁ。マジ抜けなくて困っているんですから、この公安のお尻、引っ張ってくださいよ」

「いやいや、何もったいないこと言っているの。もっともっとぎゅっと締め付けて、そのまま連行できるようにしておいて」

「なんてこと言うんですか。この体勢で署に行くなんてありえません！」

「おいっ。とにかく緩めろ！　非公式の特務機関なんかに好きにされてたまるか。とにかく膣を緩めろ！」

大城も尻を振りながら、わめいている。

気が付けば、雨が上がっていた。

星が見える。

その空にバリバリバリと轟音が鳴り響きだした。

――もう、いやになっちゃうな。おうち返りたいよ。

挿入連行なんて、警察学校でも習っていないから！

＊

ようやく夜空に三機のドローンが飛来してきた。

投光器のような強力なライトで地上を照らしていた。

「この悪党どもの姿をしっかり撮影してちょうだい」

洋子は陰茎を出したまま、悶絶《もんぜつ》している倉田を、メルセデスから路面に引きずり出した。

「やめろ。なぁ、あんたの欲しいものをくれてやる。警視庁なんかやめて傭兵《ようへい》部隊の諜報企画官になったらどうだ。報酬は日本円で年間一億円だ。どうだ？　俺が上海の傭兵部隊との間を取り持つ、悪くない話だと思う」

倉田が金玉を握りながら、呻《うめ》くように言っている。

「あなたは雷通でそういう役目も担っていたのね。雷通の市場調査結果に基づいた民意を中国側に流していた。そうでしょう」

洋子はその睾丸をさらに蹴飛ばしてやった。転がっていた自分のヘルメットを拾い上げる。

「あうっ。アメリカだって、親米印象操作はやっている。うぅう」

「倉田、その女に我々の任務をバラすな。我々が葬られても、そいつも必ず殺される。心配するな……きつい、この女のまん層は、まじきつい。棹が千切れそうだ」

ジープから大城の声がした。

ドローンが低空飛行をしてきた。強力な撮影用ライトの下からカメラが伸びてきて、三百六十度回転している。

「松《ま》っさん、ジープに近づいて大城武志の顔をドアップにしてちょうだい」

ヘルメットを被り直しインカムで伝えた。一機のドローンが旋回しながらジープに接近していく。映像制作会社のディレクター井沢淳子から借り受けた空撮用ドローンだ。いまは彼女も一緒に操縦してくれているはずだった。

「やめろ！ お前、人としてこんな映像を撮影して恥ずかしくないのか！」

大城が理性を失った甲高い声を上げている。

「あなたに、人としての道を説かれるとは思ってもいなかったわ。さんざん乱交やレイプの現場を盗撮して脅しに使っていたくせに。この映像、まもなく中国国家安全部のコンピューターにピンポイントに送信するから」

「やめろ！ やめろ。どうしたら、やめてくれるんだ」

「槇尾洋蔵を沖縄に誘い出してちょうだい。それで、とりあえず、ふたりの身分は保障する。ただし、わかるわよね」

洋子はジープの後部座席を覗き込んだ。

「真木警視正、お願いです。繋《つな》がっているところはじっくり見ないでください」

翼が頬を真っ赤に染めていた。

「心配しないで。動画からあなたの顔は抜いているから。それよりどぉ、いまの気分は」

洋子は翼の頬に手を当てた。微熱が伝わってきた。

「ちょっと、うずく感じです。なんていうんでしょう、これ……痛気持ちいいような……」

「ごめんね。私も挿入感覚については詳しくないのよ。そろそろ上原亜矢が迎えに来る頃だから、彼女にその辺の症状のことは聞いて」

「はい……あっ、ちょっといいかも……」

翼の顔に恍惚《こうこつ》の色が浮かんだ。洋子は、視線をそのまま大城に移した。

「ねぇ、大城。どうなのよ。槇尾洋蔵を呼び出せる？」

「わかったよ。なんとかする。これで俺もあんたのイヌになるわけか」

「赤い国からは守ってあげる。これまでのこと洗いざらい喋《しゃべ》ったらね」

「喋るよ。五十にもなっていないのに、回顧録を書く日々になるわけだな」

大城はがっくりとうなだれた。二重スパイの末路については充分承知しているようだ。今後大城は、人里離れた山中の療養所で、終生、公安の監視がついた暮らしをすることになる。それでも国を売った罰としては軽いと、洋子は思う。

二台のワンボックスカーが近づいてきた。亜矢の調達したエルグランドだ。芸能プロのマネージャー菅井正雄をたらし込んで、タレント用に改造した車を、東京から運ばせていた。ベッド付きのタレント車だ。

大城と倉田を運ぶのに都合がいい。

比嘉、いや正確には萩原が、頭を振りながら起き上がった。まだかすかに視界にとらえてしまったフラッシュ・バンの残像が網膜に残っているようだ。

「刑事だったとはね。余計な体力と時間を使ってしまったわ」

洋子は萩原に向かって言った。

「まったく縦割り組織というのは困ったものだ。そっちが政府機関だとうすうすわかっても、俺の覆面《カバー》を明かすわけにはいかないんだ。まさか同じ部門の奴《やつ》にはがされるとは思ってもいなかったけどな」

「これから、どうなるの？」

「上が決めることだから、わからんけれど、普通なら表舞台に戻ることになる。爆風連合は、仁義を通して脱退することになる。真木さん、関東舞闘会と通じているなら、間に入ってもらえないか」

「その仲介なら引き受ける。会長の黒井健人《くろいけんと》さんは警察に協力的だから」

洋子は請け合った。

倉田と大城の生け捕りは成功に終わった。あとはとどめを刺すだけだ。

4

「ＧＩに会いにいく前に、ＪＩＩやる？」

総理大臣専用車。後部席に深々と座った中林美香が、太腿を開きながら言った。

前方は白バイ隊が先導していた。国道58号線だ。

総理大臣車の後方には秘書や補佐官の車、地元政界の車、随行民間人の車など合計七台が連なっていた。最後尾にはパトカーが二台。ちょっとした大名行列だ。

総理の警護に就くのは、三か月ぶりのことだ。

「いつ切り上げることになるかわかりませんが……今日はファスナーは下げられませんし」

洋子は黒のパンツスーツで座っているので、オナニーには気乗りしなかった。スカートならば脇のファスナーを開けて、手首や腕を潜り込ませて、指を動かすことが出来るのだが、パンツスーツの上からだと、指の動きが丸わかりになってしまう。

基本、総理同様クリトリス派なので、指を入れることに対してこだわりはないが、やはりクリトリスの位置を総理やドライバー役の松重に知られてしまうのは、抵抗があった。

特に松重だ。松重の視線は前方とルームミラーをせわしなく行き来している。後続車の動きを確認しているのだ。

「どこで襲われるか、わからないスリルの中でのJIIって、ぐっとくると思う」

総理は早速白のプリーツスーツの脇ファスナーを下げて、指を入れ始めている。

生臭さと甘い女の発情臭が、なんとなく匂ってくる。

「いろいろ弄った指で、司令官と握手するんですか？」

「握手じゃなくてグータッチだからいいと思う。グーは入れないし」

「グーは貫通した者でも簡単に入りません！」

「そうなの？」

中林美香は処女なのだ。

「っていうか、安全保障と沖縄県民への配慮の双方を御願いに行くんでしょう。オナニーは帰りでいいんじゃないですか」

「シビリアンコントロールの立場から、司令官に防衛そのものについて突っ込むことはないわよ。これはね、公安や中国に対するポーズ。あんたらの動きは、見抜いているぞ。私はちゃんと嘉手納の司令官にリークしたからね、っていうポーズ。政治家はとにかくお芝居上手じゃなきゃ……ひゃはっ、んんんっ」

総理は触り始めたようだ。本当にこの総理に日本を任せていいのだろうか。

言いながら、洋子も脚を組み、松重にはよくわからないように、股底に指を差し込んだ。

ぐちゅっ。

人差し指が、割れ目にめり込んだ。そのまま縦に摩擦する。淫芽に触れないように花芯の上を滑らせる感じだ。

もちろんスーツパンツとコットンのショーツを挟んでの摩擦だが、淫芽が自然に起き上がってくるのを待ちながらの扱《しご》きだ。

「はふっ」

つい漏れそうになる喘ぎ声を必死で抑えながら、沿道に視線を向けた。SPの業務を忘れてはいけない。

沿道にはところどころに総理の嘉手納基地訪問に反対するデモ隊がいた。プラカードを掲げ、口汚くののしっているものも多い。

本来なら機動隊の装甲車で総理大臣車をガードすべきだが、総理がこれを断った。作戦上のことだ。

「あっ、うはっ。久しぶりの洋子とだから、盛り上がる。ねぇ、洋子、ポイント触っているの？　私、いま皮を上げ下げしている」

総理がうっとりとした表情で、頭を左右に振っていた。ついつい洋子の指もせわしなくなる。

立場上、眼をつむってはならないので、虚《うつ》ろな視線を沿道に向け続けた。宜野湾市をすでに越え、嘉手納町に入っていた。

「うっ」

デモの集団がいなくなった界隈《かいわい》で、ついたまらなくなって合わせ目の下方にある腫れ物に触った。むっくりと起き上がっている。こりこりしているようだ。チョンとついた。

「あんっ、んはっ」

座席で飛び跳ねそうなほどの快感を得る。おもわずルームミラーを見やった。

松重が凄い形相になっている。

「ご、ごめん、でも見ないで……」

洋子は謝った。だがその声も上擦ってしまっている。

「おくつろぎのところ申し訳ないんですが、そろそろ仕掛けのポイントに差し掛かります。うしろに槇尾洋蔵の車が上がってきました」

「あっ、もうそこまで来ちゃっているんだ」

洋子は指の動きを止め、後部席についているドライブレコーダーのモニターに目を光らせた。

黒の大型セダンだ。後部席に槇尾洋蔵が乗っている。誘いをかけたのは雷通の倉田だ。総理の視察訪問にかこつけて、基地内でアメリカの航空会社幹部と密談をする、というインチキ話を設定して誘い出した。ほかならぬ倉田からの誘いなので、槇尾はまんまと信用したようだ。

さらに大城が吹き込んだ。

『われわれ公安は入れませんが、ＳＰの森川なら槇尾さんの護衛ということで同行できます。彼なら、基地内の建物の表層を見ただけでも、あらかたのことがわかります。北京にいい報告もできますよ』

嘘八百を並べただけだ。これに槇尾がくらいついたわけだ。

窓にジャンボハンバーガーで有名な道の駅が見えてきた。

この男を社会から抹殺する瞬間は、間もなくだ。この先のポイントだ。

パームツリーの下に、再び大人数のデモグループが見えてきた。こちらが仕込んだエキストラだ。大多数の群衆は芸能事務所『ダイナマイトプロ』が用意した。ダイナマイトプロの前身はイベントサークルの『スーパーダイナマイト』だ。エキストラの動員などは、千人単位で可能だった。

エキストラは全員、防弾ベストをつけていた。その上に着る衣装も社長の前園マネージャーの菅井が掻き集めてきたそうだ。

菅井は完全に亜矢のピンクテクニックの手に落ちていたのだ。

その集団の影が見えてきた。降り注ぐ陽光の下、白く光る国道58《ゴッパチ》号線だがそこだけが黒い影になっていた。

反対するデモ隊が吠《ほ》えた。総勢三百名。迷彩色や紺色の戦闘服のような格好をしたものばかりだ。

『真木機関』の武闘派相川将太が最前線にいた。今回は、後方支援《ロジスティックス》にばかり回っていたが、ここは体を張る最大の見せ場だ。

先頭の白バイがその一団の前を通過した。総理大臣車の前に発煙筒が投げ込まれた。一本ではない。次々に投げ込まれる。紫や赤、それに黒い煙も上がる。片側三車線の国道がすっかり煙幕に覆われ、総理大臣車と後続の車が、外からは見えなくなったはずだ。

相川がデモの群衆の中から飛び出してきた。

洋子も総理大臣車から出る。ポケットからホイッスルを取り出す。

エキストラも煙幕の中に入って来た。これはすべてSPだ。明田真子が先導している。後続していた槇尾洋蔵の乗ったセダンから運転手が降りた。『真木機関』の小栗だった。

「総理、基地訪問はやめろっ」

相川が後部席に声をかけた。

「いや、違うって。総理車は前っ」

SPの森川が先に飛び出してきた。明田が『ご苦労さん』と一言かけて股間に蹴りを入れた。

「えっ、なんで」

森川はうずくまった。その背広を開き、ベルトに差してあった拳銃を抜き取る。そのまま体育会系エキストラが十人ほど森川に覆いかぶさった。

エキストラたちが煙幕の周囲を取り囲み、白バイ隊が入ってくるのを妨害している。

芝居の持ち時間は二十秒だ。

　セダン車から相川が、槇尾洋蔵を引っ張り出した。

「おいおい、俺は総理じゃないぞ。前だ、前っ。女性総理だ。襲っちまえよ。彼女は売国奴だから」

　どさくさに紛れて中林総理にダメージを与えようとしている。七十を迎えたばかりのはずのその顔は色艶がよい。

　松重が飛び出してきた。総理大臣車の後部トランクの前に立ち、特殊警棒を振り上げた。そこで、間合いを計るかのように腕を止めた。歌舞伎役者が見得を切るようなポーズだ。

「な、何をする。正気か！」

　恐怖に慄《おのの》く槇尾の手に、相川が『これを』と拳銃を放り投げる。

「わわわっ」

　受け取った槇尾はトリガーを引いた。銃声と硝煙の臭いがあがる。デモの群衆は二台の車の周囲から飛びのいた。

　至近距離から松重の腹部に当たる。

「うっ」

　血糊《ちのり》を噴き上げ、その場に片膝をついた。

洋子はホイッスルを吹いた。普通のホイッスルだ。

ゲーム終了の合図だった。

相川が槙尾に殴りかかる。

「テロリストですっ。総理を狙ったテロ！　確保、早く、警官早く！」

相川が叫んだ。白バイ隊と最後列にいたパトカーから数人の制服警官が煙幕の中に入ってきて、相川と一緒に槙尾を押さえこんだ。

「違う！　俺は違う。経済評論家で朝陽トラベル社長の槙尾だ」

槙尾は必死に弁明していた。

「かねがね、総理の分配中心の政策を否定していたわね！　困るんでしょう、それじゃ」

洋子は、松重の腹にハンカチを当て聞こえがよしに叫んだ。松重はまったく痛くないはずだ。セラミックの板がいくつも入ったベストは拳銃の弾を吸収している。

「違う。それでいいんだ。本当はそれでいいんだ。私は本来、リベラルなんだ」

「とうとう本音を吐いたわね。ただのリベラルではなく、中国国家安全部の手先として、この国の分断を企てていたんじゃない」

「それは言い過ぎだろう。私が何をしたというんだ？」

「一見《いっけん》、資本主義、新自由主義の権化のような顔をして、実は大きな格差社会ができるように扇動しただけね。正社員の残業費や賞与を大幅に減らしたいために専門性を必要としない社員の非正規化を進め、逆に専門性の高い部門で働く社員には、経営者並みの給料を支払う制度を経済学者として提唱し、経営者として実践した。この格差は、ひと握りの富裕層を作り、圧倒的多数の貧困層を生み出すことをあなたは学者としてわかっていた」

「俺は努力した者が報われるべきだと提案しただけだ。それはそれで道理だろうが。あんたらの世界でも、努力して階級試験に合格した者が、キャリアとしての道が開けることになる。民間もそれと同じだと説いた」

槇尾はまだ正体を明かそうとしない。

「嘘おっしゃい！　あなたは貧困層が増え続けるように仕向けていた。この国を戦後の混乱期のような状況にして、暴動が起こりやすいように仕向けているんだわ。民主主義が成熟したこの日本では社会主義革命なんか起こせない。だから、膨大な貧困層を創出して、新たな統制国家を作ろうと。それって中国国家安全部の内部崩壊工作の一環ね。新自由主義やグローバルスタンダードが聞いて呆れるわ。あなたは専制主義の片棒を担いでいるのよ！」

洋子は一気に詰め寄った。

「そうだ。それが事実だ。腐った民主主義なんてくそくらえだ。誰もが好き勝手なことを言っていたら収拾のつかない社会になる。政治も経済も、もっとも優秀なリーダーに任せればいいんだ。それで、人民は幸せになれる。愚鈍で優柔不断な人物でもトップになれ、しかも何も決められない議会制民主主義などは崩壊したほうがいいんだ」

槇尾は悪びれることもなく、そう嘯《うそぶ》いた。

「この国の国民はそれほど単純じゃないわ。競争化が行きすぎたら、国家が介入して中和する。福祉が行きすぎて財政悪化になれば、再び規制緩和する。その繰り返しよ。それがこの国の人々の民意だから」

洋子は笑顔で拳銃をぐっと差し出した。

「いかんいかん、そんなふうになっては、いかんのだ！　国民は強いリーダーのもとに服従すべきなのだ！」

槇尾の顔から一切の感情が消えていた。ロボット化した人間の表情だった。

「殺人未遂、現行犯逮捕！」

沖縄県警の警備課の巡査が手錠《わっぱ》を打った。煙幕が次第に薄れていく。

群衆のほとんどが、スマホを掲げていた。十分後には世界中に拡散されることだろう。槇尾が総理大臣車にむけて発砲した瞬間はドライブレコーダーが記録している。

槇尾洋蔵の名声は地に落ちる。それが最大の狙いだ。

槇尾はパトカーに連行されていった。がっちり濡《ぬ》れ衣《ぎぬ》を着せてやった。インチキ野郎にはでっち上げ逮捕だ。

洋子は、総理大臣車に戻った。

「もう、最高のスリルの中で、三回も絶頂しちゃったわ」

第百一代日本国総理大臣は、右手をスカートの中に突っ込んだまま、ぐったりとしていた。

「すべて終わりました。ご協力ありがとうございます」

洋子は礼を言った。

「あとは、槇尾洋蔵さんを、沖縄県警からすぐに警視庁に移管させたらいいのね。長官に今メールで要請しておいたわ」

「はい、公安とSPに他国の諜報員が入っていたのは極秘にしないといけませんから、警察庁としても必死にやるでしょう。槇尾洋蔵については、公安に任せます。

彼がしていた工作内容をきっちり聞き出すでしょう」
洋子は安堵《あんど》のため息をついた。
松重が車に戻り、血糊をふき取った。
隊列は動き出した。
「ハンバーガーぐらい、いただけるわよね」
総理大臣は濡れティッシュで指を拭きながら笑った。
洋子はバドワイザーも飲みたいものだと、大きく頷いた。

あとがき

二年ぶりの『処女刑事』となりました。

シリーズもついに八作目ですが、実は本作、七作目までとは趣も背景も大きく変わっています。

あとがきで書くのもなんですが、だいたいの方があとがきを最初に読むだろうと、タカをくくって書いております。

『処女刑事』は二〇一五年一月に、官能小説の警察物バージョンとして実験的に刊行されたのが始まりでした。

東京オリンピック・パラリンピックの開催の決定から二年後のことで、デフレ脱却の最大の切り札になるのではと、国民の関心が徐々に高まっていた時期です。

二〇二〇東京オリンピック・パラリンピック。

よ〜し、これをネタにしようと、執筆を開始したわけです。

都庁のおひざ元である歌舞伎町の浄化作戦をするための「性活安全課」を設定することからはじまりました。

何とも荒唐無稽な設定ですが、そもそも官能小説は、一種のファンタジーですから、この設定でも成立したわけです。

実にバカバカしい物語として世に送り出しました。

当初は、僕も編集者のA氏も空振り三振覚悟のリリースだったわけですが、どういうわけかこれがシリーズ化となりました。

ヒロインの女性刑事の処女膜が殉職してしまったのですから、続行させるには、あらたな処女刑事が必要になり、年一回「新規の処女」を登場させるということになったのです。

二作目を終えた際に友人作家の五十嵐貴久から「四十七都道府県を回る移動型部門ってどぉ?」と入れ知恵をされ、以後、『大阪バイブレーション』『横浜セクシーゾーン』『札幌ピンクアウト』と性活安全課は全国を飛び回ります。

だいたいが売春組織の背後に巨悪が潜んでいるという設定ですが、性活安全課《エロ担》が、次第に組織犯罪対策課《マルボウ》、あるいは公安《ハム》課の様相に変わってきました。

そして一作目以来の東京オリンピック・パラリンピックを迎えるにあたり、売春組織を壊滅させるという性活安全課の大義名分も各巻に通じています。

東京オリンピック・パラリンピックを翌年に控えた二〇一九年の六作目でいった

ん東京に戻ってきました。

そろそろ五輪対策に入ったわけです。『東京大開脚』です。女子体操選手をモデルにしました。

誰もが、五輪は二〇二〇年に開催されると信じていた時期です。そして来るべく二〇二〇年に向けて、国立競技場におけるテロリストの攻防を描く八作目の執筆に取り掛かりました。

『性活安全課VS世界犯罪連合』という物々しいサブタイトルがついたこの作品は二〇二〇年二月七日の発売で、前の年の十一月に脱稿しております。

七月の東京オリンピック・パラリンピックの開会式の裏舞台で、テロリスト集団と真木洋子率いる性活安全課が暗闘を繰り広げる物語。

この作品のゲスト処女刑事が殉職する（殉職するのは処女膜ですが）という予定調和のラストシーンで締めたものです。

これにて、『処女刑事』の第一部は完結。後付けですが、著者としてはこの七作を「東京オリンピック・パラリンピック編」と名付けてみました。

年明けすぐに担当のA氏からカバー案が届きました。ミニスカートから伸びた太ももがアップの感度抜群のカバー。A氏から「ボカしていますが、原画は黒のパンツです」とこちらが生唾を飲むのを見越したようなメモまでついています。

これはもう開会式五か月前の二月七日の発売日が楽しみでたまらない状況です。

はい、その頃は、新型コロナウイスの感染拡大など、ゆめゆめ思っておりません。無事発売日を迎えました。五か月後の開会式を見越して書いていますから、物語の中ではオリンピックは開催されちゃっています。しかもびっちり観客を入れてです。

読者に一足早く国立競技場の様子を伝えたく、資料と格闘しながら描いたわけですよ。

横浜港に寄港中のダイヤモンド・プリンセス号における新型コロナウイルス感染状況が大きく報道され始めたのは、その直後です。

最初は、日本国内ではそれほど大きく広がらないとみられていましたが、その月の間に状況は一気に拡大します。

ほんのひと月ぐらいの間に世界の様相はまるっきり変わったものになります。特に欧州やアメリカでは深刻な状況になり、ニュースではオーバーシュート、ロックダウンという言葉が闊歩《かっぽ》し始めます。

これはオリンピックどころではなくなった。

僕のような普通の市民が、なんとなくそう感じ始めたころ、安倍総理（当時）が一年間の延期を発表します。二〇二〇年三月二十四日のことでした。

わわわっ。

もう書いちまった開会式が飛んだ！

いやいや、まいった。まさかの先走りとなりました。

『処女刑事』七作目、『性活安全課VS世界犯罪連合』では、二〇二〇年七月二十四日に東京オリンピックの開会式は五万の観衆を入れて開催されてしまっているのです。

空振りとはこういうことを言うのです。バックスイングが大きかったぶんだけ、空を切ったバットの先端が自分の背中にまで回ってきた感じです。

まぁ、いまになってこの作品を読み返すと、ある意味、空想的、歴史の改竄《かいざん》みたいでおかしいのですが……。

無駄使いを惜しまず、粋を好む読者さま、ぜひ読んでみてください。お札《さつ》のミスプリントを発見したような面白さがあります。

ラストには、これも定番になった次の任務地那覇まで予告されちまっております。

そうこうしているうちに、サラリーマンの勤務のありようまで変化が起こります。

在宅勤務がはじまり、出張が激減したのですあっ、あ～読者がいなくなる。

咄嗟《とっさ》にそんな思いが過《よぎ》りました。

そもそも『処女刑事』など、お天道様の下で堂々と読める小説ではありますまい。

そもそもサブタイトルからして『歌舞伎町淫脈』とか『東京大開脚』ですよ。

こんなものは、通勤電車や出張中の新幹線の中でこそこそと読む小説です。家族のいる家の中で読めるものではないのです。三十八年間サラリーマンをやっていた自分がよく知っております。

なんたって「新幹線乗るならビール、弁当、沢里裕二」と宣伝していたぐらいですからね。ちなみに、草凪優は、ビールなどよりストロング系酎ハイだろと主張している。それもロング缶だと。そんなもの飲みながら、あんたの小説を読んでいたら、危ねぇだろうよ！

もとい、そんな状況下が続いたので二〇二一年は『処女刑事』は一回お休みさせていただきました。

一年遅れで開催された東京オリンピック・パラリンピックの年に『処女刑事』はお休みです。

この間に第二部の構想を立てておりました。

代替作品として『アケマン　警視庁ＬＳＰ　明田真子』。女性ＳＰを取りまとめる警備九課の課長で、さまざまな沢里作品にサブキャラで登場していた彼女を初めて主役にいたしました。

ゆるくてエロいサブキャラ時代とは異なり、立派な課長として巨悪を倒させました。

そんな折、草凪優が己のブログで〈沢里さん『処女総理』ってありでしょう〉と悪魔の囁《ささや》きをしてきます。

二〇二一年は、実に政治がエンタメのように面白かった年です。

ついつい乗ってしまいました。

ははははは。

他の作家のアドバイスにめっぽう弱い僕なのです。

というか、同業者として多少なりとも交流のあるのは、五十嵐貴久と草凪優だけなんですけどね。

『処女総理』はいたって官能色が薄い、僕なりの政治小説でした。草凪優が好きなプロレス小説を書くように、僕も政治が好きで、専門家でもないくせに政治小説とか書いてみたくなってしまうわけです。この作品にＳＰとして真木洋子が登場します。日本初の女性総理（処女＝いまだに処女）の担当SPとしてです。

この瞬間『処女刑事』の第二部の構想が、忽然《こつぜん》と浮かび上がってきました。

結果的に草凪優に感謝です。ありがとう。ユーのおかげで、僕はまたシリーズを続けていけそうだよ。

実は本作は、この『処女総理』で起こった前総理・今泉正和の死因の追及が柱になっております。

『処女総理』を読んでいない方にもわかるように、第一章でここに至る説明を、洋子と小栗の会話で、かいつまんでしております。

こちらは政治小説ではないので、そういう事件を追っているんだと、わかればいいはずです。

「性活安全課」は、唐突ですが総理直轄の「真木機関」に衣替えしちゃいました。シーズン1で性犯罪の取り締まりは大方やってしまい、気が付けば世界のスパイと闘ったりしていましたので、もはやこれは組織ごと変更をせざるを得ませんでした。

『処女刑事』は、まったく新しい背景でリスタートを切りました。

メンバーは変わっておりません。

変わったことといえば、新作ごとに出てくる新たな処女刑事は、これまで最初からその存在を明かしていましたが、今作では、後出しにしております。

洋子と松重が主軸の物語に戻すためです。きちんと新処女刑事も登場しますので、タイトル詐欺にもなりません。

今作では、新たな男性刑事の加入もあります。地区別とはいえ処女刑事ＯＧがなんと七人まで増えてしまったので、ちょっとバランスを考えました。

そんな新装開店相成った『処女刑事』。ゆるい刑事物語ながら、まだまだシリーズは続行いたします。どうぞ、多少のマンネリはご勘弁を。僕なりにマンネリの美学を追求しております。

ほとんどの方が「あとがき」を最初に読んでいただいているものと確信してお伝えしますが、今作に限り、結末を先に読むのはお止《や》めください。


余談だけど草凪優の『私を抱くと死ぬらしい』は凄すぎでしたね。美人モデルと半グレ。あれはしてやられたな。自分も狙っていたテーマを先取りされちまった感じ。しかも、僕と違いバイオレンスと官能の融合が実にうまい。

それと描かれている芸能界の雰囲気はとても現実に近い。レコード会社出身の僕が言うんだから、本当だ。

まいったなぁ。負けちゃった。ちっ。

二〇二二年四月

沢里裕二

本書は書き下ろしです。

本作はフィクションであり、実在の個人・団体とは一切関係ありません。（編集部）

実業之日本社文庫 さ3 16

処女《しょじょ》刑事《でか》　琉球《りゅうきゅう》リベンジャー

2022年6月15日　初版第1刷発行

著　者　沢里裕二《さわさとゆうじ》

発行者　岩野裕一
発行所　株式会社実業之日本社
〒107-0062　東京都港区南青山5-4-30
emergence aoyama complex 2F
電話［編集］03(6809)0473［販売］03(6809)0495
ホームページ　https://www.j-n.co.jp/
DTP　ラッシュ
印刷所　大日本印刷株式会社
製本所　大日本印刷株式会社

フォーマットデザイン　鈴木正道（Suzuki Design）

ISBN978-4-408-55732-8（第二文芸）